JLPT 滿分進擊

溫雅珺、楊惠菁、蘇阿亮 編著

新日檢制霸！

N5 文法特訓班

必考文法 × 精闢解析 × JLPT 模擬試題

文法速成週計畫，精準掌握語法，輕鬆通過日檢！

| 誠摯推薦 | 日本大阪國際大學名譽教授 浦上 準之助 | 日本龍谷大學教授 日本語教育學者 泉 文明 | 日本龍谷大學 國際學部講師 池宮 由紀 | 臺大兼任日語講師 李欣倫日語創辦人 李欣倫 | 中華科技大學助理教授 日本關西大學文學博士 莫素微 |

三民書局

序

　　本書因應新制「JLPT 日本語能力試驗」考試範圍，全面修訂各項文法內容，依照難易度、結構特性、使用場合等重新編排，並配合日檢報名起始日至應考當日約 12 週的時間，將全書文法分為 12 個單元，每單元 11 項文法，共計 132 項文法。學習者可以透過章節前方的「Checklist」來確認自己已學習的範圍。

　　每項文法皆詳細標示「意味」、「接続」、「説明」、「例文」，並以「重要」不時提醒該文法使用的注意事項、慣用表現或辨別易混淆的相似文法。另外，各文法的「実戦問題」，皆比照實際日檢考試中，文法考題「文の組み立て」模式編寫。而每單元後方，也設有比照文法考題「文法形式の判断」，所編寫的 15 題「模擬試驗」。全書共計 312 題練習題，使學習者能夠即時檢視學習成效，並熟悉考題形式。

　　現今，在臺灣不論自學亦或是跟班授課，為了自助旅行、留學、工作需求等目標，學習日語的人數年年增多。為此，作為判定日語能力程度指標的「JLPT 日本語能力試驗」也變得更加重要。而本書正是專為想將日語能力提升至初級程度、通過日檢 N5 的人設計，使學習者能夠在 12 週內快速地掌握各項 N5 文法，釐清使用方式，輕鬆制霸日檢考試。

本書特色暨使用說明

第 1 週

Checklist

- [ ] 1 ～は～です／ではありません
- [ ] 2 ～は～ですか
- [ ] 3 イ形い／ナ形な
- [ ] 4 ～はイ形いです／イ形くないです
- [ ] 5 ～はナ形です／ナ形ではありません
- [ ] 6 ～は動詞ます／動詞ません
- [ ] 7 これ／それ／あれ／どれ
- [ ] 8 ここ／そこ／あそこ／どこ
- [ ] 9 こちら／そちら／あちら／どちら
- [ ] 10 この／その／あの／どの
- [ ] 11 家族の呼び方

✦ Checklist 文法速成週計畫

學習者可以按照每週編排內容，完整學習 132 項日檢必考文法。各項文法皆有編號，運用「Checklist」可以安排、紀錄每項文法的學習歷程，完全掌握學習進度。

✦ 掌握語意、接續方式、使用說明

完整解說文法架構，深入淺出地說明文法觀念。若該文法具有多種含義時，則分別以①②標示。詳細接續方式請參見「接續符號標記一覽表」。

✦ 多元情境例句，學習實際應用

含有日文標音及中文翻譯，搭配慣用語句，加深對於文法應用上的理解。若該文法具有多種含義時，則分別以①②標示例句用法。

新日檢制霸！N5 文法特訓班

3 イ形い／ナ形な

｜意味｜ …的

｜接續｜ ①イ形い ②ナ形な } ＋名詞

｜說明｜

形容詞用於形容人事物的性質、狀態。詞彙結構可分為語幹及語尾兩部分，語尾會依時態、肯定或否定產生變化，語法上稱之「活用」。依據修飾名詞時語尾形態的變化可分為「イ形容詞」與「ナ形容詞」。

①イ形容詞：語尾為獨立的「い」音節，可以直接放在名詞前修飾。

②ナ形容詞：字典通常僅標示語幹，而不標示語尾「だ」。語尾「だ」只有活用時會出現，像是修飾名詞時語尾會變化為「な」。例如：「元気」、「親切」，語尾「だ」修飾名詞時變化為「元気な」、「親切な」。須留意「ゆうめい」、「きれい」、「きらい」字尾雖然是「い」結尾，但為ナ形容詞。

｜例文｜

①
- 京都は古い町です。　京都是座古都。
- あの高い山は富士山です。　那座高山是富士山。

②
- その立派な建物は高崎市役所です。　那棟最氣派的建築物是高崎市政府。
- 東京タワーは有名な観光地です。　東京鐵塔是知名的觀光景點。

｜實戰問題｜

A：＿＿ ＿＿ ★ ＿＿ですね。きれいな花がたくさん咲いています。
B：そうですね。今週花を見に行きます。

1 すてきな　　2 公園　　3 は　　4 新宿御苑

4

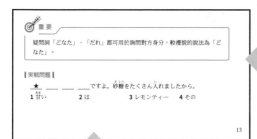

✿「重要」小專欄，完整補充用法
彙整實際應用注意事項、衍生使用方
式、比較相似文法間的差異，釐清易
混淆的用法。

✿ 實戰問題，確立文法觀念
模擬日檢「語句組織」題型
即學即測，組織文意通順的
句子。解答頁排序方式為：
文法編號→★的正解→題目
全句正確排列序。

✿ 模擬試驗，檢視學習成效
使用每回文法模擬日檢，提供「語法
形式判斷」題型，釐清相似語法的使
用，測驗各文法理解度與實際應用。

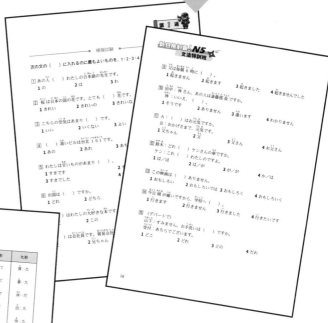

✿ 精選附錄　50 音順排索引
精心編排「動詞變化」、「自動詞‧
他動詞」等一覽表。集結全書文法以
50 音順排列，以利迅速查詢。

接續符號標記一覽表

「イ形容詞」、「ナ形容詞」與「動詞」會隨接續的詞語不同產生語尾變化，而「名詞」本身無活用變化，但後方接續的「だ・です」等助動詞有活用變化，以下為本書中各文法項目於「接続」所表示的活用變化。

✦ 名詞＋助動詞

接續符號	活用變化	範例
名詞	語幹	今日、本、休み
名詞です	肯定形	今日です、本です、休みです
名詞だ		今日だ、本だ、休みだ
名詞ではない	否定形	今日ではない、本ではない、休みではない
名詞だった	過去肯定形	今日だった
名詞ではなかった	過去否定形	今日ではなかった
名詞で	て形	今日で
名詞である	である形	今日である
名詞普通形	普通形	今日だ、今日ではない、 今日だった、今日ではなかった

✦ ナ形容詞

接續符號	活用變化	範例
ナ形	語幹	きれい
ナ形な	修飾名詞	きれいな
ナ形です	肯定形	きれいです
ナ形だ		きれいだ
ナ形ではありません	否定形	きれいではありません
ナ形ではない		きれいではない
ナ形でした	過去肯定形	きれいでした
ナ形だった		きれいだった
ナ形ではありませんでした	過去否定形	きれいではありませんでした
ナ形ではなかった	過去否定形	きれいではなかった
ナ形で	て形	きれいで

接續符號	活用變化	範例
ナ形である	である形	きれいである
ナ形容詞普通形	普通形	きれいだ、きれいではない、 きれいだった、きれいではなかった

✦ イ形容詞

接續符號	活用變化	範例
イ形い	語幹	忙し
イ形い	辭書形	忙しい
イ形くありません	否定形	忙しくありません
イ形くない		忙しくない
イ形かったです	過去形	忙しかったです
イ形かった		忙しかった
イ形くありませんでした	過去否定形	忙しくありませんでした
イ形くなかった		忙しくなかった
イ形くて	て形	忙しくて
イ形容詞普通形	普通形	忙しい、忙しくない、 忙しかった、忙しくなかった

✦ 動詞

接續符號	活用變化	範例
動詞辞書形	辭書形	話す、見る、来る、する
動詞ます	ます形	話します、見ます、来ます、します
動詞ます		話し、見、来、し
動詞ました	過去形	話しました、見ました、来ました、しました
動詞た形		話した、見た、来た、した
動詞ません	否定形	話しません、見ません、来ません、しません
動詞ない形		話さない、見ない、来ない、しない
動詞て形	て形	話して、見て、来て、して
動詞なくて		話さなくて、見なくて、来なくて、しなくて
動詞ている形	ている形	話している、見ている、来ている、している
動詞普通形	普通形	話す、話さない、話した、話さなかった

✦ 其他

接續符號	代表意義	範例
名詞する	する動詞	電話する
名詞~~する~~	動詞性名詞	電話
疑問詞	疑問詞	いつ、だれ、どこ、どう、どの、なに、なぜ
文	句子	引用文、平叙文、疑問文、命令文、感嘆文、祈願文

✦ 符號說明

（　）表示可省略括弧內的文字。

／　　用於日文，表示除了前項之外，亦有後項使用方式或解釋可做替換。

；　　用於中文，表示除了前項之外，亦有後項解釋可做替換。

①②　表示具有多種不同使用方式時，分別所代表的不同意義。

✦ 用語說明

第Ⅰ類動詞：又稱「五段動詞」，例如：「読む」、「話す」。

第Ⅱ類動詞：又稱「上下一段動詞」，例如：「見る」、「食べる」。

第Ⅲ類動詞：又稱「不規則動詞」，例如：「する」、「来る」。

意志動詞：靠人的意志去控制的動作或行為，可用於命令、禁止、希望等表現形式。
　　　　　例如：「話す」可用「話せ」（命令）、「話すな」（禁止）、「話したい」（希望）的形式表達。

非意志動詞：無法靠人的意志去控制的動作或行為，無法用於命令、禁止、希望等表現形式。例如：「できる」、「震える」、「ある」。

＊部分動詞同時具有意志動詞與非意志動詞的特性，例如：「忘れる」、「倒れる」。

瞬間動詞：瞬間就能完成的動作，例如：「死ぬ」、「止む」、「決まる」。

繼續動詞：需要花一段時間才能完成的動作，例如：「食べる」、「読む」、「書く」。

＊部分動詞同時具有瞬間動詞與繼續動詞的特性，例如：「着る」、「履く」。

新日檢制霸！**N5** 文法特訓班

目次

序…………………………………… Ⅰ

本書特色暨使用說明……………… Ⅱ

接續符號標記一覽表……………… Ⅳ

第 1 週

1　～は～です／ではありません…2

2　～は～ですか …………………3

3　イ形い／ナ形な ………………4

4　～はイ形いです／
　　イ形くないです …………………5

5　～はナ形です／
　　ナ形ではありません…………6

6　～は動詞ます／動詞ません……7

7　これ／それ／あれ／どれ ……8

8　ここ／そこ／あそこ／どこ…10

9　こちら／そちら／あちら／
　　どちら ……………………………12

10　この／その／あの／どの………13

11　家族の呼び方 …………………14

模擬試験……………………………15

第 2 週

12　を ……………………………18

13　へ ……………………………20

14　に ……………………………21

15　に (基準)……………………24

16　で ……………………………25

17　から ………………………27

18　～から～まで ……………28

19　より …………………………29

20　が ……………………………30

21　～は ………………………32

22　～は～ません ……………34

模擬試験……………………………35

第3週

23	数字（番号／貨幣）	38
24	〜年／〜月／〜日	40
25	〜曜日	43
26	〜時〜分	44
27	数量詞	46
28	数量詞の〜／〜数量詞	49
29	疑問詞	50
30	疑問詞が	53
31	疑問詞か	54
32	疑問詞か〜か	55
33	疑問詞も	56
	模擬試験	57

第4週

34	どうして	60
35	どうやって	61
36	どう／いかが	62
37	の	63
38	と	65
39	〜や〜など	66
40	も	67
41	だけ	68
42	しか〜ない	69
43	くらい／ぐらい	70
44	ごろ	71
	模擬試験	72

第5週

45	とても／すこし／ちょっと／あまり／ぜんぜん	76
46	ぜんぶ／たくさん／すこし／ちょっと	78
47	いつも／よく／ときどき／あまり／ぜんぜん	80
48	よく	82
49	また	83
50	まだ	84
51	もう	85
52	だんだん	87
53	すぐ（に）	88
54	もっと	89
55	イ形く／ナ形に	90
	模擬試験	91

第6週

56	〜は〜が〜	94
57	〜があります／います	95
58	〜に〜があります／います	96
59	〜は〜にあります／います	97
60	〜は〜が好き／嫌いです	98
61	〜は〜が上手／下手／得意／苦手です	99
62	〜がわかります	100
63	〜ができます	101
64	〜がほしい／ほしくないです	102
65	〜たい／たくないです	103
66	〜がいい	104
	模擬試験	105

第 7 週

67 ～でした／
～ではありませんでした……108
68 ナ形容詞過去形…………………109
69 イ形容詞過去形…………………110
70 動詞過去形………………………112
71 動詞て形…………………………114
72 ～ています………………………117
73 自動詞／他動詞…………………118
74 ～が～てあります………………119
75 ～が～ています…………………120
76 ～なります………………………121
77 ～します…………………………122
模擬試験……………………………123

第 8 週

78 ～に～をあげます………………126
79 ～に／から～をもらいます…127
80 ～に～をくれます………………129
81 ～ていきます／～てきます…130
82 ～をください……………………131
83 ～をお願いします………………132
84 動詞ない形………………………133
85 ～てください／
～　ないでください…………135
86 ～ましょう………………………137
87 ～ましょうか……………………138
88 ～ませんか………………………139
模擬試験……………………………141

第 9 週

89 敬体／常体………………………144
90 名詞常体…………………………145
91 ナ形容詞常体……………………147
92 イ形容詞常体……………………149
93 動詞辞書形………………………150
94 動詞た形…………………………151
95 動詞常体…………………………153
96 ～（か）？………………………154
97 ～でしょう………………………156
98 ～でしょうか……………………158
99 ～と（引用）……………………159
模擬試験……………………………160

第 10 週

100 名詞修飾①………………………164
101 名詞修飾②………………………165
102 の（準体助詞）…………………166
103 イ形くの～………………………167
104 ～という～………………………168
105 ～は～より………………………169
106 ～は～ですか、～ですか……170
107 ～より～のほうが～……………172
108 ～か～か…………………………174
109 ～も～も…………………………175
110 ～は～で、～は～です………176
模擬試験……………………………177

第 11 週

111 〜とき ……………………………180

112 〜て〜て〜 …………………181

113 〜あとで ………………………182

114 〜てから ………………………183

115 〜まえに ………………………184

116 それから ………………………185

117 そして ……………………………186

118 〜ないで〜 ……………………187

119 イ形くて〜／ナ形で〜 ……188

120 〜ながら〜 ……………………189

121 〜たり〜たりする ……………190

模擬試験 …………………………191

第 12 週

122 〜て〜（方法、手段）………194

123 〜て〜／〜で〜（原因）……195

124 〜から、〜 …………………197

125 だから …………………………198

126 それでは ………………………199

127 〜が、〜 …………………………200

128 〜は〜が、〜は〜 …………201

129 でも …………………………………203

130 〜ね …………………………………204

131 〜よ …………………………………206

132 〜よね ……………………………207

模擬試験 …………………………208

解答 ………………………………211

附錄 ………………………………218

索引 ………………………………220

圖片來源：Shutterstock

第 **1** 週

Checklist

- □   1   〜は〜です／ではありません
- □   2   〜は〜ですか
- □   3   イ形い／ナ形な
- □   4   〜はイ形いです／イ形くないです
- □   5   〜はナ形です／ナ形ではありません
- □   6   〜は動詞ます／動詞ません
- □   7   これ／それ／あれ／どれ
- □   8   ここ／そこ／あそこ／どこ
- □   9   こちら／そちら／あちら／どちら
- □ 10   この／その／あの／どの
- □ 11   家族の呼び方

1 ～は～です／ではありません

┃意味┃ …是…；不是

┃接続┃ 名詞₁＋は＋名詞₂＋$\begin{cases} です \\ ではありません \end{cases}$

┃説明┃

名詞句經常用於介紹姓名、職業、國籍、年齡等。「名詞₁は」是說明整句的主題，其中「は」為助詞，此時發音同「わ」，用於提示主題。後半句則是對主題的說明，句尾肯定用法為「～です」，相當於中文的「是」，表示對某件事加以判斷說明；否定用法則為「～ではありません」，相當於中文的「不是」，口語經常用「～じゃありません」表達，是對某件事予以否定的判斷說明。

┃例文┃

◆ A：はじめまして。マイクです。どうぞよろしくお願いします。

　　　您好，我是麥克，請多指教。

　　B：中村です。こちらこそよろしくお願いします。

　　　我是中村，也請您多指教。

◆ 柳先生は日本人ではありません。　柳老師不是日本人。

◆ わたしは学生じゃありません。　我不是學生。

 重要

日文句子中用助詞來連接詞與詞，表示彼此關係。本句型連接前後名詞的是助詞「は」，中文裡並沒有類似的表現，所以無須翻譯。

┃実戦問題┃

A：ほら、早く起きなさいよ。

B：お母さん、＿＿＿ ＿＿＿ ＿＿＿ ★ 。休日です。

1 平日　　　　**2** は　　　　　　　**3** じゃありません　**4** 今日

2 ～は～ですか

┃意味┃ …是…嗎？

┃接続┃ 名詞₁＋は＋名詞₂＋ですか

┃説明┃

句尾「か」是表示疑問的助詞，置於句末，相當於中文的「嗎、呢」，句尾聲調須提高，後方接續的標點符號是「。」，不是「？」。回答疑問句時，「はい」表示肯定，「いいえ」表示否定，後方可以直接引用問句內容，但是當對話雙方對於談話內容具有共識時，可以自然省略彼此的稱呼、陳述的主題，或是用「そう」代替陳述的內容。而否定回答，也可以使用動詞「違います」表示。

┃例文┃

◆ A：木村さんは会社員ですか。　木村先生是公司職員嗎？

　 B：はい、会社員です。　是，他是公司職員。[肯]

　　 ＝はい、そうです。　是，他是。

◆ A：もしもし、佐藤課長ですか。　喂，請問是佐藤課長嗎？

　 B：いいえ、佐藤ではありません。　不，我不是佐藤課長。[否]

　　 ＝いいえ、そうではありません。　不，我不是。

　　 ＝いいえ、違います。　不，不是。

┃実戦問題┃

A：先生、こちらは東京大学のリオンです。

B：ああ、リオンさんですか。どうぞよろしく。＿＿＿　＿★＿　＿＿＿　＿＿＿。

1 ですか　　　　**2** は　　　　　　**3** リオンさん　　**4** 留学生

3 イ形い／ナ形な

▎**意味**▎ …的

▎**接続**▎ ①イ形い ╮
②ナ形な ╯ ＋名詞

▎**説明**▎

形容詞用於形容人事物的性質、狀態。詞彙結構可分為語幹及語尾兩部分，語尾會依時態、肯定或否定產生變化，語法上稱之為「活用」。依據修飾名詞時語尾形態的變化可分為「イ形容詞」與「ナ形容詞」。

①イ形容詞：語尾為獨立的「い」音節，可以直接放在名詞前修飾。

②ナ形容詞：字典通常僅標示語幹，而不標示語尾「だ」。語尾「だ」只有活用時會出現，像是修飾名詞時會變化為「な」。例如：「元気」、「親切」，語尾「だ」修飾名詞時變化為「元気な」、「親切な」。須留意「ゆうめい」、「きれい」、「きらい」字尾雖然是「い」結尾，但為ナ形容詞。

▎**例文**▎

①
◆ 京都は古い町です。　　京都是座古都。
◆ あの高い山は富士山です。　　那座高山是富士山。

②
◆ その立派な建物は高崎市役所です。　　那棟氣派的建築物是高崎市政府。
◆ 東京タワーは有名な観光地です。　　東京鐵塔是知名的觀光景點。

▎**実戦問題**▎

A：＿＿＿ ＿＿＿ ＿★＿ ＿＿＿ですね。きれいな花がたくさん咲いています。
B：そうですね。今週花を見に行きます。

1 すてきな　　　**2** 公園　　　　**3** は　　　　**4** 新宿御苑

4 ～はイ形いです／イ形くないです

┃**意味**┃ …很…；…不…

┃**接続**┃

名詞＋は＋ { イ形いです／イ形いですか
イ形くないです／イ形くありません

┃**説明**┃

「イ形容詞句」表示主題為該形容詞所提示的性質或狀態。肯定句將イ形容詞放在「です」之前，而否定句則須將イ形容詞語尾「い」改為「く」加上「ないです」或是「ありません」。但是，「いい」為特例，否定形慣用「よくないです」、「よくありません」。回答形容詞疑問句時，要重複疑問句中的形容詞，不同於名詞疑問句的回答，不可用「そう」代替疑問句中的形容詞。

イ形容詞	肯定句	否定句
わるい 壞的	わるいです	わるくないです わるくありません
いい 好的	いいです	よくないです よくありません

┃**例文**┃

◆ A：そとの天気はいいですか。 外面天氣好嗎？

B：はい、いいです。 是的，很好。

◆ 今日はあまり寒くないです。 今天不怎麼冷。

◆ この日本語は正しいですか。正しくないですか。

這句日語是正確的嗎？還是不正確的？

┃**実戦問題**┃

A：＿＿＿ ＿＿＿ ＿＿＿ ＿★＿ です。電気をつけましょうか。

B：いいですよ。

1 暗い   **2** ちょっと   **3** この部屋   **4** は

5 ～はナ形です／ナ形ではありません

┃意味┃ …很…；…不…

┃接続┃

名詞＋は＋ { ナ形です
ナ形ではありません／ナ形じゃありません
ナ形ですか

┃説明┃

「ナ形容詞句」表示主題為該形容詞所提示的性質或狀態。肯定句將ナ形容詞放在「です」之前，而否定句的句尾和名詞句的句尾同為「ではありません」，或是比較口語的說法「じゃありません」。

ナ形容詞	肯定句	否定句
きれい　漂亮	きれいです	きれいではありません きれいじゃありません
にぎやか　熱鬧	にぎやかです	にぎやかではありません にぎやかじゃありません

┃例文┃

◆ 佐藤先生は親切です。　佐藤老師很親切。

◆ この辺りはにぎやかではありません。　這附近不熱鬧。

◆ A：テストは簡単ですか。　考試簡單嗎？
B：いいえ、簡単じゃありません。難しいです。　不，不簡單。很難。

┃実戦問題┃

A：その____ ____ ★ ____ね。
B：ありがとうございます。

1 です　　　　　**2** かばん　　　　　**3** は　　　　　**4** きれい

6 　～は動詞ます／動詞ません

┃**意味**┃　…做…；…不做…

┃**接続**┃

名詞＋は＋ ┌ 動詞ます
　　　　　 ┤ 動詞ません
　　　　　 └ 動詞ますか

┃**説明**┃

「動詞句」表現前方主題的動作或變化，時態相當於現在式或未來式。用於說話者對聽者禮貌或客氣地敘述現在的習慣、真理，或未來即將發生的事。當主詞為第一人稱時，可以表示說話者的意志；主詞為第三人稱時，用於敘述他人的行為。「動詞ます」的否定形為「動詞ません」，表示不做或不準備做某事。

動詞ます	肯定句	否定句
いきます　去	いきます	いきません
きます　來	きます	きません

┃**例文**┃

◆ わたしは毎朝6時に起きます。　　我每天早上6點起床。

◆ わたしは今晩勉強します。　　我今晚要讀書。

◆ 日曜日、田中さんは働きません。

田中先生星期日不工作。

◆ 休日、みんな学校へ行きません。　　假日大家都不去學校。

◆ A：あした何をしますか。　　明天要做什麼呢？

　　B：そうですね。掃除します。　　嗯……，我要打掃。

┃**実戦問題**┃

おじいさんは＿＿＿ ＿＿＿ ＿＿＿ ★ 。

1 寝ます　　　　　**2** に　　　　　　　**3** よる9時　　　　**4** いつも

7 これ／それ／あれ／どれ

┃意味┃ 這；那；那；哪

┃接続┃ ①これ／それ／あれ＋は＋名詞＋です

②どれ＋が＋名詞＋ですか

┃説明┃

「指示詞」可以指稱事物、場所、方向，其中「事物指示代名詞」用於代替所指事物。「これ（這）」指離說話者近的事物，「それ（那）」指離聽話者近的事物，「あれ（那）」指離雙方都遠的事物，疑問詞「どれ（哪）」指未知事物。

① 「指示代名詞」當作主題時用法似名詞，後方接續助詞「は」。其中「これ」與「それ」對雙方而言是相對的指示代名詞，當說話者用「これ」發問，聽話者要用「それ」回答，反之亦然。用「あれ」發問時，回答則沿用。

② 疑問詞「どれ」當作主題使用，後方必須接續助詞「が」強調未知事物，回答也用相同的助詞。

┃例文┃

①

◆ A：それは何ですか。　那是什麼？

　 B：これは図書館の本です。今日返します。

　　　這是圖書館的書，今天要還。

②

◆ A：どれがシャープペンシルですか。　哪枝是自動鉛筆呢？

　 B：これがシャープペンシルです。　這枝是自動鉛筆。

 重要

疑問詞「何」用於詢問事物是什麼，疑問句中有疑問詞時，直接回答詢問的內容。

┃実戦問題┃

A：これとあれは何ですか。

A：これとあれは<ruby>何<rt>なん</rt></ruby>ですか。

B：これは<ruby>教<rt>きょう</rt></ruby><ruby>科<rt>か</rt></ruby><ruby>書<rt>しょ</rt></ruby>で、 ＿＿★ ＿＿＿ ＿＿＿ ＿＿＿です。

1 <ruby>日<rt>に</rt></ruby><ruby>本<rt>ほん</rt></ruby><ruby>語<rt>ご</rt></ruby>の　　**2** は　　**3** あれ　　**4** <ruby>雑<rt>ざっ</rt></ruby><ruby>誌<rt>し</rt></ruby>

8 ここ／そこ／あそこ／どこ

┃意味┃ 這裡；那裡；那裡；哪裡

┃接続┃ ①ここ／そこ／あそこ＋は＋名詞＋です

②名詞＋は＋どこ＋ですか

名詞＋は＋ここ／そこ／あそこ／（場所）＋です

┃説明┃

「場所指示代名詞」用於代替所指所在地，「ここ（這裡）」指說話者所在地，「そこ（那裡）」指聽話者所在地，「あそこ（那裡）」指離對話雙方都遠的場所，疑問詞「どこ（哪裡）」指不確定場所。

① 「指示場所代名詞」當作主題時接續助詞「は」，後方說明地點。

② 詢問人、事、物、場所的所在地可以用「～はどこですか」的句型。回答所在地時，「～です」前方接續「ここ」、「そこ」、「あそこ」、場所或地點。

┃例文┃

①

◆ A：ここは木下先生の研究室ですか。

請問這裡是木下老師的研究室嗎？

B：はい、そうです。　是的，沒錯。

◆ みなさん、そこは東京タワーです。

各位，那裡是東京鐵塔。

②

◆ A：すみませんが、トイレはどこですか。

不好意思，請問廁所在哪裡？

B：（トイレは）あそこです。

廁所在那裡。

重要

「すみません」主要用於麻煩他人的時候。後方接續「が」是表現委婉的語氣，引出要談論的主題，而不是表示逆態轉折的接續用法。

実戦問題

___ ___ ___ ★ ですね。空気も水もとてもきれいですから。

1 いい　　　　**2** は　　　　**3** ところ　　　　**4** ここ

9 こちら／そちら／あちら／どちら

┃意味┃ 這邊；那邊；那邊；哪邊

┃接続┃ ①こちら／そちら／あちら＋は＋名詞＋です

②名詞＋は＋どちら＋ですか

名詞＋は＋こちら／そちら／あちら／（場所）＋です

┃説明┃

「こちら」、「そちら」、「あちら」、「どちら」為方向指示代名詞，口語說法為「こっち」、「そっち」、「あっち」、「どっち」。除了表示方向之外，也是場所指示代名詞「ここ」、「そこ」、「あそこ」、「どこ」的禮貌說法，因此常見於服務人員向客人敘述地點時。另外，還可以用於禮貌地稱呼我方或對方的人。

疑問詞「どちら」除了詢問方向、地點之外，也可以用於詢問場所名稱。

① 「指示代名詞」當作主題時後方接續助詞「は」，後方說明所指內容。

② 詢問方向、地點、場所名稱可以用「～はどちらですか」的句型。回答所在地時，「～です」前方接續「こちら」、「そちら」、「あちら」、場所或地點。

┃例文┃

①

◆ こちらは事務室です。あちらは教室です。 這邊是辦公室。那邊是教室。

②

◆ 北はどちらですか。 北邊在哪邊？

◆ A：大学はどちらですか。 請問您就讀哪間大學呢？

B：九州大学です。 九州大學。

┃実戦問題┃

A：すみませんが、＿＿＿ ★ ＿＿＿ ＿＿＿。

B：あちらです。

1 ですか **2** どちら **3** は **4** お手洗い

10 この／その／あの／どの

▌意味▌ 這個…；那個…；那個…；哪個…

▌接続▌ この／その／あの／どの＋名詞

▌説明▌

「指示連體詞」用於修飾後方名詞，不可單獨使用。「この＋名詞（這個…）」指稱離說話者近的事物，「その＋名詞（那個…）」指離聽話者近的事物，「あの＋名詞（那個…）」指離對話雙方都遠的事物，「どの＋名詞（哪個…）」指不確定的事物。

▌例文▌

◆ この部屋はちょっと暑いですね。　這間房間有點熱呢！

◆ うちはこの近くです。　我家就在這附近。

◆ A：すみません、あの人はどなたですか。

　　　不好意思，請問那個人是哪位？

　 B：えっ、どの人ですか。

　　　咦，哪一個人呢？

 重要

疑問詞「どなた」、「だれ」都可用於詢問對方身分，較禮貌的說法為「どなた」。

▌実戦問題▌

　★ ＿＿ ＿＿ ＿＿ですよ。砂糖をたくさん入れましたから。

1 甘い　　　　　**2** は　　　　　　**3** レモンティー　**4** その

11 家族の呼び方

│説明│

日本社會很重視「親疏關係」和「上下關係」。「親疏關係」也有人稱為「內外關係」，是指親疏遠近的人際關係，例如親近的親朋好友或初次見面、不熟悉的人。「上下關係」則是指年齡長幼或社會地位高低的人際關係，例如長輩與晚輩、老師與學生、上司與部屬的關係。在對家人的稱謂上，日本人同樣謹守著對外敬稱、謙稱與對內稱呼的區別。

在稱呼對方的家人時會使用敬稱，例如「おじいさん（令祖父，令外祖父）」、「おばあさん（令祖母，令外祖母）」、「おとうさん（令尊）」、「おかあさん（令堂）」、「おにいさん（令兄）」、「おねえさん（令姐）」，稱呼對方的弟妹則為「おとうとさん（令弟）」、「いもうとさん（令妹）」。

在對外稱呼自己的家人時則使用謙稱，例如「そふ（家祖父，家外祖父）」、「そぼ（家祖母，家外祖母）」、「ちち（家父）」、「はは（家母）」、「あに（家兄）」、「あね（家姐）」、「おとうと（舍弟）」、「いもうと（舍妹）」。

在對內稱呼方面，可以將「～さん」改為「～ちゃん」，會顯得更加親密。對弟妹、兒女、孫子等可直接稱呼其姓名。

│例文│

◆ 兄ちゃん、この宿題を教えて。　哥哥，教我寫作業！
◆ Ａ：こちらはお父さんですか。　這一位是令尊嗎？
　　Ｂ：はい、父です。　是的，是家父。

│実戦問題│

田中さんの＿＿＿ ★ ＿＿＿ ＿＿＿。

1 ですか　　　　**2** は　　　　　　**3** お元気　　　　**4** お父さん

...

● 模擬試験 ●

次の文の（　　）に入れるのに最もよいものを、1・2・3・4から一つ選びなさい。

1 あの人（　　）わたしの日本語の先生です。

   1 の　　　　　　　　**2** は　　　　　　　　**3** わ　　　　　　　　**4** か

2 桜は日本の国の花です。とても（　　）花です。

   1 きれい　　　　　　**2** きれいの　　　　　**3** きれいな　　　　　**4** きれいだ

3 こちらの空気はあまり（　　）です。

   1 いい　　　　　　　**2** いくない　　　　　**3** よい　　　　　　　**4** よくない

4 （　　）高いビルは台北１０１です。

   1 あの　　　　　　　**2** あれ　　　　　　　**3** あちら　　　　　　**4** あそこ

5 わたしは甘いものがあまり（　　）。

   1 すきです　　　　　　　　　　　　**2** すきくないです

   3 すきでした　　　　　　　　　　　**4** すきじゃありません

6 お国は（　　）ですか。

   1 どれ　　　　　　　**2** どちら　　　　　　**3** なん　　　　　　　**4** どなた

7 （　　）はわたしの大好きな本です。

   1 ここ　　　　　　　**2** この　　　　　　　**3** これ　　　　　　　**4** どれ

8 （　　）は会社員です。貿易会社で働いています。

   1 兄　　　　　　　　**2** 兄ちゃん　　　　　**3** 兄さん　　　　　　**4** お兄さん

⑨ 父は毎朝 6 時に（　　）。
1 起きません　　**2** 起きます　　**3** 起きました　　**4** 起きませんでした

⑩ 田中：林 さん、あの人は斎藤部 長 ですか。
　　林：いいえ、（　　）。
1 そうです　　**2** ありません　　**3** 違います　　**4** わかりません

⑪ A：（　　）はお元気ですか。
　　B：おかげさまで、元気です。
1 父ちゃん　　**2** 父　　**3** 父さん　　**4** お父さん

⑫ 鈴木：どれ（　　）ケンさんの傘ですか。
　　ケン：これ（　　）わたしのですよ。
1 は／は　　**2** は／が　　**3** が／が　　**4** か／は

⑬ この映画は（　　）ありません。
1 おもしろい　　**2** おもしろいでは　　**3** おもしろく　　**4** おもしろいく

⑭ 今日 頭 が痛いですから、学校へ（　　）。
1 行きます　　**2** 行きません　　**3** 行きました　　**4** 行きたいです

⑮ （デパートで)
　　山下：すみません。お手洗いは（　　）ですか。
　　受付：あちらでございます。
1 どこ　　**2** どれ　　**3** どの　　**4** だれ

第 2 週

Checklist

- [ ] 12 　を
- [ ] 13 　へ
- [ ] 14 　に
- [ ] 15 　に(基準)
- [ ] 16 　で
- [ ] 17 　から
- [ ] 18 　〜から〜まで
- [ ] 19 　より
- [ ] 20 　が
- [ ] 21 　〜は
- [ ] 22 　〜は〜ません

12 を

▌意味▌　①將　②從　③在　④過

▌接続▌　名詞＋を＋動詞ます

▌説明▌

「を」當助詞使用時，發音同「お」，有以下幾種用法：

①後方接續他動詞，表示動作作用的對象。

②後方接續含有「離開」意義的動詞，表示離開某個空間、對象。

③後方接續不含方向性的移動動詞，表示動作行經、通過的場所。

④表示執行動作所度過的時間。

▌例文▌

①
◆ 母はよく映画を見ます。

　媽媽經常看電影。

◆ 父はあまりお酒を飲みません。

　爸爸不太喝酒。

②
◆ 電車を降ります。

　下電車。

◆ 駅を出ます。

　從車站出來。

③
◆ 車は左側を走ります。

　車子行駛於左側。

◆ 祖父はよく公園を散歩します。

　爺爺經常在公園散步。

④

◆ これから快適な独身生活を送ります。

今後要過舒服的單身生活。

◆ 毎晩家族と楽しい時間を過ごします。

每晚與家人共度愉快的時光。

▌実戦問題▌

祖母はラジオで＿＿＿ ＿＿＿ ★ ＿＿＿。

1 音楽　　　　　**2** 聞きます　　　　**3** 古い　　　　**4** を

13 へ

▌意味▌ ①往，到　②給，向

▌接続▌ ①（場所）名詞＋へ　②（相手）名詞＋へ

▌説明▌

① 「へ」當作助詞使用時，發音與「え」相同。表示移動的方向，後方接續行進相關的動詞，例如：「行きます（去）」、「来ます（來）」、「帰ります（回來、回去）」、「歩きます（走）」、「走ります（跑）」。

② 表示授與對象，修飾名詞時則使用「への」。

▌例文▌

①

◆ どうぞこちらへ。　　請往這邊走。

◆ ９時に友達のうちへ行きます。　　９點要去朋友家。

②

◆ ご両親へ／によろしくお伝えください。

麻煩代我向雙親問候。

◆ おばあちゃんへのプレゼントは花です。

我給奶奶的禮物是鮮花。

 重要

「（場所）へ」也可以用助詞「に」替換。「へ」比較強調動作、作用進行的過程或方向，而「に」則著重於動作或作用最終的歸著點。

▌実戦問題▌

あしたの朝、台風は沖縄＿＿＿　＿＿＿　＿★＿　＿＿＿。

1 行きます　　　　**2** へ　　　　　**3** 方　　　　　**4** の

14 に

┃意味┃ ①在（時間）②在（場所）③到，在　④給　⑤向　⑥往　⑦變成

┃接続┃ 名詞＋に

┃説明┃

在動詞句中，助詞「に」可分別表示時間、目的、動作歸著點及作用對象。

①表示動作發生的具體時間點，包括年、月、日、星期、時刻或特定日子。

②表示物品、人物或動物存在的場所。

③表示動作的歸著點或是目的地。

④表示動作的接受者，亦即某動作是為某人而做。

⑤表示物品、資訊的來源處或提供者。前面接續人物對象時，也可以使用「から」；
　但是如果前面接續的是團體，則助詞只能用「から」，不能用「に」。

⑥前接動作性名詞或「動詞ます形」，表示目的。

⑦表示人為動作或事物狀態的變化之結果或選擇決定。

┃例文┃

①

◆ わたしはいつも夜 １２時に寝ます。

　　我總是在晚上 12 點就寢。

◆ サンタはクリスマスイブに来ます。

　　聖誕老人在聖誕夜到訪。

②

◆ 先生は図書館にいます。

　　老師在圖書館。

◆ 本棚の中にいろいろな小説があります。

　　書櫃裡有各式各樣的小說。

21

③
◆ 荷物は 机 の上に置きます。

行李要放桌上。

◆ 鈴木さんは来月 新 しい家に引っ越します。

鈴木先生下個月要搬入新家。

④
◆ わたしは毎日家族に電話をかけます。

我每天打電話給家人。

◆ わたしは高橋さんにお金を貸します。

我借錢給高橋先生。

⑤
◆ 高橋さんはわたしにお金を借ります。

高橋先生跟我借錢。

◆ 伊藤さんはスミスさんに英語を習います。

伊藤小姐向史密斯先生學習英語。

⑥
◆ Ａ：週末、どこへ行きますか。　　週末你要去哪？
　　Ｂ：大阪へ花見に行きます。　　我要去大阪賞花。

⑦
◆ 給 料 は半分になる。

薪水減半。

◆ わたしはてんぷら定 食 にします。

我要點天婦羅套餐。

重要

動詞句中有時可以省略表示時間的助詞「に」，例如表示約略的時間點「ご
ろ」以及「～曜日」，另外像「毎日」等具副詞性質的時間名詞，則不須使
用助詞「に」。

┃実戦問題┃

この交差点<ruby>交差点<rt>こうさてん</rt></ruby>_★___ ___ ___か、<ruby>左<rt>ひだり</rt></ruby> に<ruby>行<rt>い</rt></ruby>きますか。

1 を   **2** に   **3** <ruby>行<rt>い</rt></ruby>きます   **4** <ruby>右<rt>みぎ</rt></ruby>

必勝

15 に (基準)

┃意味┃ 每…

┃接続┃ 数量詞＋に＋数量詞

┃説明┃

助詞「に」可以表示基準範圍，後方接續在範圍內進行某動作的次數、數量，用於表示動作的頻率、比例。

┃例文┃

◆ ワンさんは 2 〜 3 か月に 1 回ぐらい外食します。

　王小姐大約每 2 〜 3 個月 1 次外食。

◆ 佐藤さんは 1 日に何杯コーヒーを飲みますか。

　佐藤先生 1 天喝幾杯咖啡呢？

◆ 10 人に 6 人合格します。　10 人中有 6 人及格。

◆ (1) 週間に 1 回子供に小遣いをあげます。　1 週給小孩 1 次零用錢。

 重要

　　如果是「毎日」、「毎朝」、「毎週」等「毎〜」的時間名詞作為基準範圍，可以直接接續範圍內出現的事物比例，不用再搭配助詞「に」。

　　◆ 田中さんは毎週 3 回運動をします。

　　　田中先生每週運動 1 次。

┃実戦問題┃

山本さんは＿★＿ ＿＿＿ ＿＿＿ ＿＿＿本を読みますか。

1 1 か月　　　　**2** 何冊　　　　**3** くらい　　　　**4** に

16 で

▌意味▌ ①到，共 ②在 ③用 ④在…中 ⑤因為

▌接続▌ ①（時間期限／数量）名詞

②（場所）名詞

③（工具／材料／方法／手段）名詞 ┐＋で

④（範囲）名詞

⑤（原因）名詞

▌説明▌

①表示時間期限、合計數量。經常用於收錢，像是服務人員結帳時會說「全部で～です」。如果總數只有 1 個，例如「一つ」、「一冊」時則不加「で」。

②表示動作發生的地點，前方接續場所名詞。

③表示動作行為的工具、材料、方法、手段。前方接續交通工具搭配移動動詞時，含有搭乘交通工具移動的意思。如果表示材料，當成品未改變原料性質時使用「で」，原料性質改變則使用「から」。

④表示範圍。

⑤表示原因，前接事由。

▌例文▌

①

◆ 会議は 3 時で終わります。

會議到 3 點結束。

◆ 客：すみません。勘定 はいくらですか。

不好意思，一共多少錢？

店員：はい、全部で 1500 円です。

好的，一共是 1500 日圓。

②
◆ 図書館で勉強します。

在圖書館裡讀書。

◆ 次の駅で降ります。

要在下一站下車。

③
◆ バスで学校へ行きます。

搭公車上學。

◆ 紙で折り鶴を作ります。

用紙折紙鶴。

④
◆ 果物で一番好きなのはリンゴです。

在水果當中我最喜歡的是蘋果。

◆ 日本で一番有名なお祭りは何ですか。

在日本最有名的祭典是什麼呢？

⑤
◆ 風邪で学校を休みます。

因為感冒而要向學校請假。

◆ 雨で食事に出かけません。

因為下雨，所以不會外出用餐。

▌実戦問題▌

このお茶＿＿＿ ＿＿＿ ★ ＿＿＿です。

1 ３００元　　　　**2** で　　　　**3** は　　　　**4** ３０グラム

17 から

┃**意味**┃ ①從… ②由… ③因為

┃**接続**┃ 名詞＋から

┃**説明**┃

①表示動作的起點。自我介紹時常會使用「〜から来ました（來自…）」。

②表示製作的原料，製作的過程會產生化學變化，從成品無法看出原材料為何。

③表示動作發生的原因，引起後項負面的結果。

┃**例文**┃

①

◆ 鈴木さんは来月 京都から引っ越します。

　　鈴木先生下個月會從京都搬過來。

◆ わたしは台湾から来ました。

　　我來自臺灣。

②

◆ チーズは 牛 乳 から作ります。　　起司由牛奶製作而成。

◆ 日本酒はお米から作ります。　　日本酒由米製作而成。

③

◆　弟 はよく不注 意から怪我をする。

　　弟弟常因不小心而受傷。

◆ 林さんはときどき疲労から 病 気になります。

　　林先生有時會因疲勞導致生病。

┃**実戦問題**┃

はじめまして、マイケルです。＿＿ ＿＿ **★** ＿＿来ました。

1 ニューヨーク　　**2** から　　　　　**3** アメリカ　　　**4** の

18 ～から～まで

┃意味┃ 從…到…

┃接続┃ 名詞₁＋から＋名詞₂＋まで

┃説明┃

「～から～まで」可用於名詞句，亦可用於動詞句。另外，「から」、「まで」不一定一起使用，也可以單獨出現。前方接續時間名詞，表示開始、結束的時間點；前方接續地點、人、事、物，表示「起訖點」或「範圍」。

┃例文┃

◆ デパートは午前 1 1 時から、午後 8 時までです。

　　百貨公司從上午 11 點營業至晚上 8 點。

◆ 学校は 9 時から始まります。

　　學校從 9 點開始上課。

◆ この列車は台北から高雄まで走ります。

　　這班列車從臺北行駛至高雄。

◆ 午後の天気は曇りから晴れに変わります。

　　下午的天氣會是多雲轉晴。

┃実戦問題┃

鈴木さんは水曜日＿＿＿　★　＿＿＿ ＿＿＿。

1 働きません　　**2** 金曜日　　　　**3** から　　　　　**4** まで

19 より

┃意味┃ 從⋯

┃接続┃ 名詞＋より

┃説明┃

「より」接續在時間、場所等名詞後方，表示起點。此用法可與「から」互換，但是「より」偏向書面用法。

┃例文┃

◆ 会議は午後 1 時より始まります。

　會議從下午 1 點開始。

◆ この船は函館より出発します。

　這艘船從函館出發。

◆ この試合は午前 10 時より始まります。

　這場比賽從早上 10 點開始。

┃実戦問題┃

あの飛行機は、＿＿＿ ＿＿＿ ★ ＿＿＿。

1 より　　　　　 **2** 松山空港　　　 **3** 出発　　　 **4** します

20 が

▌**意味**▌ （提示對象語或主語）

▌**接続**▌ 名詞＋が

▌**説明**▌

①表示所擁有的物品、人物或動物等，後方接續「あります、います（有）」

②表示好惡、能力優劣、欲望的對象等，後方可以接續「好き（喜歡）」、「嫌い（討厭）」、「わかる（了解）」、「できる（能）」、「上手、得意（擅長）」、「下手、苦手（不擅長）」、「欲しい（想要）」等語詞。

③「名詞₁ は 名詞₂ が～」的句型表現中，「名詞₂」通常是「名詞₁」的一部分或所有物，「が」用於提示大主題下的小項目。

④表示自然現象的主語。

▌**例文**▌

①

◆ わたしは車がありません。

　我沒有車子。

◆ 椅子の下に犬がいます。

　椅子下面有狗。

②

◆ わたしはたばこが好きじゃありません。

　我不喜歡香菸。

◆ 佐藤さんは中国語がよくわかります。

　佐藤先生很懂中文。

③

◆ 東京は交通が便利です。

東京交通很方便。

◆ 鈴木さんは髪が長いです。

鈴木小姐頭髮很長。

④

◆ 雨が降ります。

下雨。

◆ 風が吹きます。

颱風。

┃実戦問題┃

林さんは＿＿＿ ＿＿＿ ★ ＿＿＿。

1 スポーツ **2** じゃありません **3** が **4** 上手

21 ～は

┃意味┃ （表示話題）

┃接続┃

$$名詞+\begin{Bmatrix} を \\ が \\ へ \\ で \\ に \end{Bmatrix}+は$$

┃説明┃

將助詞「を」、「が」、「へ」、「で」、「に」之前的名詞提示成為主題時，使用助詞「は」，具有強調的意思。原本時間副詞後方可以不使用助詞，但是當作話題表現時同樣可以加「は」。

┃例文┃

◆ コーヒーは飲みません。

不喝咖啡。

◆ 数学は苦手です。

數學很差。

◆ 先生のうちへは行きません。

不去老師家。

◆ クラスでは日本語で話します。

在班上用日語說話。

◆ この学校には外国人の先生が５人います。

這所學校有５位外籍老師。

◆ 今日はこれで終わります。

今天就到這裡結束。

重要

助詞「は」與「が」前方雖然都接續主語，但是「は」前方的名詞既是主語也作為話題，若只是單純描述眼前的情景、現象，而非話題，主語的助詞後方必須接續「が」。

◆ パソコンが動_{うご}きません。どうしたらいいですか。

電腦無法動，該怎麼辦才好呢？

◆ 海_{うみ}の色_{いろ}がきれいです。

海的顏色很漂亮。

┃実戦問題┃

おたく ★＿＿＿ ＿＿＿ ＿＿＿を作_{つく}りますか。

1 ご飯_{はん}　　　　　**2** が　　　　　**3** では　　　　　**4** お母_{かあ}さん

22 ～は～ません

▎**意味**▎ 不…

▎**接続**▎ 名詞＋を／が／へ／で／に＋は＋動詞ません

▎**説明**▎

並非將動作全面否定，而是用助詞「は」強調否定的對象，隱含有其他可能。

▎**例文**▎

◆ Ａ：お酒を飲みますか。　你平常喝酒嗎？

　　Ｂ：いいえ、お酒は飲みません。　不，我不喝酒。

◆ Ａ：フランス語ができますか。　你會法文嗎？

　　Ｂ：いいえ、フランス語はできません。　不，我不會法文。

◆ Ａ：このバスは羽田空港へ行きますか。　這輛巴士往羽田機場嗎？

　　Ｂ：いいえ、羽田空港へは行きません。　不，不往羽田機場。

◆ Ａ：毎朝うちで朝ご飯を食べますか。　你每天早上都在家裡吃早餐嗎？

　　Ｂ：いいえ、うちでは食べません。　不，我不在家吃。

 重要

時間副詞後方原本不用加助詞，但是強調否定時要加上「は」。

◆ Ａ：朝、新聞を読みますか。　你早上看報紙嗎？

　　Ｂ：いいえ、朝は読みません。　不，我早上不看。

▎**実戦問題**▎

Ａ：夏休みに故里へ帰りますか。

Ｂ：いいえ、＿＿　★　＿＿　＿＿。

1 夏休み　　　　**2** に　　　　　　**3** は　　　　　**4** 帰りません

● 模擬試験 ●

次の文の（　　）に入れるのに最もよいものを、1・2・3・4から一つ選びなさい。

1 週末はよく公園（　　）散歩します。

　　1 で　　　　　　　2 に　　　　　　　3 を　　　　　　　4 か

2 インド人は手（　　）ご飯を食べます。

　　1 が　　　　　　　2 で　　　　　　　3 に　　　　　　　4 から

3 よく駅で友達（　　）会います。

　　1 から　　　　　　2 を　　　　　　　3 が　　　　　　　4 に

4 この白いものは豆腐です。豆腐は大豆（　　）作ります。

　　1 を　　　　　　　2 に　　　　　　　3 から　　　　　　4 へ

5 冷蔵庫の中に野菜や果物など（　　）あります。

　　1 が　　　　　　　2 を　　　　　　　3 で　　　　　　　4 から

6 象は鼻（　　）長いです。

　　1 が　　　　　　　2 を　　　　　　　3 で　　　　　　　4 より

7 この新幹線は東京（　　）出発します。

　　1 が　　　　　　　2 まで　　　　　　3 より　　　　　　4 ほど

8 営業時間は午前10時（　　）午後4時（　　）です。

　　1 に／に　　　　　2 から／まで　　　3 より／に　　　　4 まで／から

9 毎日忙しいです。わたしは休み（　　）欲しいです。

　　1 を　　　　　　　2 が　　　　　　　3 で　　　　　　　4 に

10 斎藤：林さん、どちらへ？

林：ちょっと郵便局（　　）荷物を出し（　　）行きます。

1 へ／に　　　　　　2 で／に　　　　　　3 で／で　　　　　　4 まで／へ

11 まゆみ：陳さん、きれいなお花ですね。

陳：今日は母の誕生日です。この花は母（　　）あげます。

1 から　　　　　　2 に　　　　　　　　3 が　　　　　　　　4 を

12 タクシー（　　）会社へ行きます。

1 から　　　　　　2 より　　　　　　　3 が　　　　　　　　4 で

13 ここは禁煙です。たばこ（　　）外で吸ってください。

1 が　　　　　　　2 を　　　　　　　　3 は　　　　　　　　4 に

14 張：伊藤さんは中国語ができますか。

伊藤：いいえ、中国語（　　）できません。でも、台湾語ができますよ。

1 を　　　　　　　2 は　　　　　　　　3 に　　　　　　　　4 で

15 （病院で）

受付：こちらの白い薬を1日（　　）3回飲んでください。

患者：はい、わかりました。

受付：お大事に。

1 に　　　　　　　2 から　　　　　　　3 まで　　　　　　　4 で

Checklist

☐ 23 数字（番号／貨幣）

☐ 24 〜年／〜月／〜日

☐ 25 〜曜日

☐ 26 〜時〜分

☐ 27 数量詞

☐ 28 数量詞の〜／〜数量詞

☐ 29 疑問詞

☐ 30 疑問詞が

☐ 31 疑問詞か

☐ 32 疑問詞か〜か

☐ 33 疑問詞も

23 ～数字（番号／貨幣）

┃意味┃ ①…號　②…元

┃接続┃ ①数字＋番

　　　　　②数字＋円／元／ドル／ユーロ

┃説明┃

日文數字的漢字寫法與中文相同，但是發音不同，其中日文的「4」、「7」、「9」各有兩種日文發音，須留意與各種量詞搭配時的讀法。

①電話號碼有特殊的發音原則，使數字發音更加清晰。詢問電話號碼可以用疑問詞「何番（なんばん）」，而回答時號碼間隔「－」讀作「の」。

②貨幣單位日幣為「円（えん）」，新臺幣為「元（げん）」，美元為「ドル」，歐元為「ユーロ」。不清楚貨幣單位時，在國名後方加上「ドル」應變，例如：「韓国ドル」。詢問價錢時用疑問詞「いくら」，完整的疑問句為「～はいくらですか」，或者也可以明確指明物品直接詢問「いくらですか」。

┃例文┃

①

◆ わたしは ９ 番（きゅうばん）のバスに乗（の）ります。

　　我搭 9 號公車。

◆ A：会社（かいしゃ）の電話番号（でんわばんごう）は何番（なんばん）ですか。　請問公司的電話號碼是幾號？
　　B：２３６０-７１５９（にさんろくぜろのなないちごきゅう）です。　是 2360-7159。

②

◆ A：この帽子（ぼうし）はいくらですか。　請問這頂帽子多少錢？
　　B：１３６２円（せんさんびゃくろくじゅうに えん）です。　是 1362 日圓。

┃実戦問題┃

1 497 円　→＿＿＿＿＿＿

2 （電話番号）119 番　→＿＿＿＿＿＿

3 101 ドル→＿＿＿＿＿＿

4 （バス）7 番　　　　　→＿＿＿＿＿＿

38

▎数字 ▎

0	ゼロ／れい	20	にじゅう	1,000	せん		
1	いち	30	さんじゅう	2,000	にせん		
2	に	40	よんじゅう	3,000	さんぜん		
3	さん	50	ごじゅう	4,000	よんせん		
4	よん／し	60	ろくじゅう	5,000	ごせん		
5	ご	70	ななじゅう	6,000	ろくせん		
6	ろく	80	はちじゅう	7,000	ななせん		
7	なな／しち	90	きゅうじゅう	8,000	はっせん		
8	はち	100	ひゃく	9,000	きゅうせん		
9	きゅう／く	200	にひゃく	10,000	いちまん		
10	じゅう	300	さんびゃく	100,000	じゅうまん		
11	じゅういち	400	よんひゃく	1,000,000	ひゃくまん		
12	じゅうに	500	ごひゃく	10,000,000	せんまん		
13	じゅうさん	600	ろっぴゃく	100,000,000	いちおく		
14	じゅうよん／じゅうし	700	ななひゃく				
15	じゅうご	800	はっぴゃく				
16	じゅうろく	900	きゅうひゃく				
17	じゅうなな／じゅうしち						
18	じゅうはち						
19	じゅうきゅう／じゅうく						

24 ～年／～月／～日

┃意味┃ ①…年　②…月　③…日

┃接続┃ ①数字＋年

②数字＋月

③数字＋日

┃説明┃

①在日本，紀年法除了採用西元年之外，還保有天皇年號的制度，現今一代天皇使用 1 個年號。而年份讀音為「ねん」，須留意「4 年 (よねん)」的特殊讀音。詢問年份時，使用疑問詞「何年（なんねん）」。

②月份讀音為「～がつ」，須留意其中「4 月 (しがつ)」、「7 月 (しちがつ)」及「9 月 (くがつ)」的讀音。詢問月份時，使用疑問詞「何月 (なんがつ)」。

③日期讀音「1 日～ 10 日」以及「14 日」、「20 日」、「24 日」有特殊讀法，其餘則一般數字讀音後面加上「～にち」，例如 11 日是「じゅういちにち」，以此類推。詢問日期時，使用疑問詞「何日 (なんにち)」。

┃例文┃

①

◆ 今年は二千何年ですか。　請問今年是兩千多少年？

②

◆ わたしの誕生日は 2 月です。　我的生日在 2 月。

③

◆ ひな祭りは 3 月 3 日です。　女兒節是 3 月 3 日。

┃実戦問題┃

今＿＿ ＿＿ ★ ＿＿か。

1 です　　　　**2** は　　　　**3** 西暦　　　　**4** 何年

▌年月日▐

日期

1日	ついたち	23日	にじゅうさん	にち
2日	ふつ か	24日	にじゅうよっ か
3日	みっ か	25日	にじゅうご にち
4日	よっ か	26日	にじゅうろく にち
5日	いつ か	27日	にじゅうしち にち
6日	むい か	28日	にじゅうはち にち
7日	なの か	29日	にじゅうく にち
8日	よう か	30日	さんじゅう にち
9日	ここの か	31日	さんじゅういち にち
10日	とお か		
11日	じゅういち にち		
12日	じゅうに にち		
13日	じゅうさん にち		
14日	じゅうよっ か		
15日	じゅうご にち		
16日	じゅうろく にち		
17日	じゅうしち にち		
18日	じゅうはち にち		
19日	じゅうく にち		
20日	はつ か		
21日	にじゅういち にち		
22日	にじゅうに にち		

月份			年份		
1月	いち	がつ	1年	いち	ねん
2月	に	がつ	2年	に	ねん
3月	さん	がつ	3年	さん	ねん
4月	し	がつ	4年	よ	ねん
5月	ご	がつ	5年	ご	ねん
6月	ろく	がつ	6年	ろく	ねん
7月*	しち	がつ	7年	なな	ねん
8月	はち	がつ		しち	ねん
9月	く	がつ	8年	はち	ねん
10月	じゅう	がつ	9年	きゅう	ねん
11月	じゅういち	がつ		く	ねん
12月	じゅうに	がつ	10年	じゅう	ねん
			100年	ひゃく	ねん
			1000年	せん	ねん

* 有時為避免跟1月「いちがつ」混淆，會將7月唸作「なながつ」。

25 〜曜日

┃意味┃ 星期…

┃説明┃

星期的說法為「〜曜日」，口語表達時可以省略「曜日」或者「日」，例如「月曜日」可以說成「月」或是「月曜」。詢問星期時，使用疑問詞「何曜日 (なんようび)」。表示日期的語序為「〜年〜月〜日〜曜日」。

にちよう び 日曜日	げつよう び 月曜日	か よう び 火曜日	すいよう び 水曜日	もくよう び 木曜日	きんよう び 金曜日	ど よう び 土曜日
星期日	星期一	星期二	星期三	星期四	星期五	星期六

┃例文┃

◆ A：今日は何曜日ですか。　請問今天是星期幾？
　 B：土曜です。　是星期六。
◆ 日曜日、友達のうちへ行きます。　星期日要去朋友家。
◆ 木曜日にお金をおろします。　星期四要去提款。

 重 要

助詞「に」可以用於表示時間點，但並非所有時間後方都必須加上。

需加「に」：〜時〜分、〜月〜日、〜年

不需加「に」：去年、来週、毎日、今日、今晩

可加可不加「に」：朝、春、夏、秋、冬、〜曜日、〜ごろ

┃実戦問題┃

今日は____ ____ ____ ★ です。

1 2021 年　　　**2** 木曜日　　　**3** 8 日　　　**4** 7 月

26 〜時〜分

┃意味┃ …點…分

┃接続┃ 数字＋時＋数字＋分

┃説明┃

表示時刻的說法與年相同，都是數字後方接續時間量詞。有些數字會因為量詞產生發音變化，有些則是量詞的發音改變。詢問幾點、幾分時，使用疑問詞「何時（なんじ）」、「何分（なんぷん）」。

┃例文┃

◆ A：会議は何時からですか。　請問會議是從幾點開始呢？
　 B：１１時です。　是 11 點。

◆ 授業は 9 時から始まります。

　 課程從 9 點開始。

◆ こちらは今 9 時 １５分過ぎです。

　 這邊現在是 9 點過 15 分。

◆ 今 10 時 5 分前です。

　 現在差 5 分 10 點。

 重要

「今（いま）」當時間副詞使用時，不須再接續助詞。「〜分過ぎ」是指超過幾分；「〜分前」是指差幾分就幾點，通常是在接近整點時使用。

┃実戦問題┃

わたしは＿＿＿ ＿＿＿ ＿★＿ ＿＿＿。

1 起きます　　　　**2** 9 時半　　　　**3** に　　　　**4** いつも

┃時間┃

時			分		
1時	いち	じ	1分	いっ	ぷん
2時	に	じ	2分	に	ふん
3時	さん	じ	3分	さん	ぷん
4時	よ	じ	4分	よん	ぷん
5時	ご	じ		よん	ふん
6時	ろく	じ	5分	ご	ふん
7時	しち	じ	6分	ろっ	ぷん
8時	はち	じ	7分	なな	ふん
9時	く	じ	8分	はっ	ぷん
10時	じゅう	じ	9分	きゅう	ふん
11時	じゅういち	じ	10分	じゅっ	ぷん
12時	じゅうに	じ		じっ	ぷん
			30分	さんじゅっ	ぷん
				さんじっ	ぷん
			半	はん	

27 数量詞

┃意味┃ （表示數量）

┃接続┃ 名詞＋を＋数量詞＋動詞ます

┃説明┃

「助数詞」表示事物單位的量詞，接續在數字後方，會形成數量詞。數量詞作為副詞修飾動詞時，直接放在修飾的動詞之前，不需再接續助詞。

┃例文┃

◆ 弟は卵を2個食べます。　　弟弟要吃 2 顆蛋。

◆ 100円の切手を3枚買います。

　　我要買 3 張 100 日圓的郵票。

◆ 玉ねぎを2つください。

　　請給我 2 顆洋蔥。

◆ ステーキを3つとコーヒーを2杯ください。　　請給我 3 份牛排及 2 杯咖啡。
　＝ステーキ3つと、コーヒー2杯。

🎯 **重要**

「ください（請）」是動詞，「～をください（請給我）」常用於決定購買某物時，口語上女性或孩童常以「ちょうだい」代替「ください」。連接兩句「～をください」時，可以省略第一句的「ください」，用助詞「と」來接續第二句。有時甚至會同時省略兩句的「をください」，僅用助詞「と」連接。

┃実戦問題┃

　夫はいつも＿＿＿ ＿＿＿ ＿＿＿ ★持っています。

1 かばん　　　　**2** を　　　　　**3** 大きい　　　　**4** 1つ

数量詞

須留意數字 1、3、6、8、10 接續某些助數詞時，發音會產生變化。助數詞「〜つ」是最普遍的用法，其他常見的單位有「〜枚」、「〜冊」、「〜本」等。

〜つ	〜個	〜人	〜枚	〜冊	〜本
物品、餐點	小物品	人數	薄或扁平物	裝訂物	細長物品
ひと 1つ	いっこ 1個	ひとり 1人	いちまい 1枚	いっさつ 1冊	いっぽん 1本
ふた 2つ	にこ 2個	ふたり 2人	にまい 2枚	にさつ 2冊	にほん 2本
みっ 3つ	さんこ 3個	さんにん 3人	さんまい 3枚	さんさつ 3冊	さんぼん 3本
よっ 4つ	よんこ 4個	よにん 4人	よんまい 4枚	よんさつ 4冊	よんほん 4本
いつ 5つ	ごこ 5個	ごにん 5人	ごまい 5枚	ごさつ 5冊	ごほん 5本
むっ 6つ	ろっこ 6個	ろくにん 6人	ろくまい 6枚	ろくさつ 6冊	ろっぽん 6本
なな 7つ	ななこ 7個	ななにん 7人 しちにん 7人	ななまい 7枚	ななさつ 7冊	ななほん 7本
やっ 8つ	はっこ 8個	はちにん 8人	はちまい 8枚	はっさつ 8冊	はっぽん 8本
ここの 9つ	きゅうこ 9個	きゅうにん 9人	きゅうまい 9枚	きゅうさつ 9冊	きゅうほん 9本
とお 10	じゅっこ 10個 じっこ 10個	じゅうにん 10人	じゅうまい 10枚	じゅっさつ 10冊 じっさつ 10冊	じゅっぽん 10本 じっぽん 10本
いくつ	なんこ 何個	なんにん 何人	なんまい 何枚	なんさつ 何冊	なんぼん 何本

～杯	～台	～階	～回	～匹	～番
碗（杯）裝物	機械	樓層	次數	小動物	號碼
いっぱい 1杯	いちだい 1台	いっかい 1階	いっかい 1回	いっぴき 1匹	いちばん 1番
にはい 2杯	にだい 2台	にかい 2階	にかい 2回	に ひき 2匹	にばん 2番
さんばい 3杯	さんだい 3台	さんがい 3階	さんかい 3回	さんびき 3匹	さんばん 3番
よんはい 4杯	よんだい 4台	よんかい 4階	よんかい 4回	よんひき 4匹	よんばん 4番
ごはい 5杯	ごだい 5台	ご かい 5階	ご かい 5回	ご ひき 5匹	ごばん 5番
ろっぱい 6杯	ろくだい 6台	ろっかい 6階	ろっかい 6回	ろっぴき 6匹	ろくばん 6番
ななはい 7杯	ななだい 7台	ななかい 7階	ななかい 7回	なな ひき 7匹	ななばん 7番
はっぱい 8杯	はちだい 8台	はちかい 8階 はっかい 8階	はっかい 8回	はっぴき 8匹	はちばん 8番
きゅうはい 9杯	きゅうだい 9台	きゅうかい 9階	きゅうかい 9回	きゅうひき 9匹	きゅうばん 9番
じゅっぱい １０杯 じっぱい 10杯	じゅうだい １０台	じゅっかい １０階 じっかい 10階	じゅっかい １０回 じっかい 10回	じゅっぴき １０匹 じっぴき 10匹	じゅうばん １０番
なんばい 何杯	なんだい 何台	なんがい 何階	なんかい 何回	なんびき 何匹	なんばん 何番

28 数量詞の～／～数量詞

┃**意味**┃ （表示數量）

┃**接続**┃ ①数量詞＋の＋名詞

②名詞＋数量詞

┃**説明**┃

數量詞修飾名詞時，可以放在修飾的名詞之前加上「の」接續，或是也可以直接放名詞後方修飾，例如：「1本のペン」或是「ペン1本」都是指1枝筆。

┃**例文**┃

①

◆ 1階のトイレは汚いですから、2階に行きます。

1樓的廁所很髒，所以我要去2樓。

◆ A：受付はどこですか。　　請問櫃檯在哪裡呢？

B：1階のエレベーターの前ですよ。　　在1樓電梯前。

②

◆ 生徒100人が4組に分かれます。

學生100人分為4組。

◆ 友達5人で富士山に登ります。　　朋友一行5人去爬富士山。

 重要

人數後方接續助詞「で」可以用於表示參與、構成人數。

┃**実戦問題**┃

＿＿＿ ＿＿＿ ＿＿＿ ★ の時間が楽しみです。

1 サークル　　　　**2** の　　　　　**3** 1回　　　　　**4** 毎週

29 疑問詞

┃意味┃　（表示各種疑問）

┃説明┃

①だれ：用於詢問人，相當於中文的「誰」，有禮貌的說法是「どなた」。

②なに、なん：用於詢問事物，相當於中文的「什麼」。後方可以接續「回」、「枚」、「冊」等量詞，此時唸作「なん」。

③どれ：用於詢問三者以上選擇其一，相當於中文「哪個」。

④どの：用於詢問不確定的事物，後方須接續名詞，相當於中文「哪個～」。

⑤どちら：用於詢問兩者當中選擇其一，也相當於中文「哪個」。此外，也可以作為詢問方向、地點、場所的疑問詞。

⑥どこ：用於詢問所在地，相當於中文「哪裡」。

⑦いつ：用於詢問動作發生的時間，但也可使用「何月何日」、「何曜日」、「何時」等更明確的時間詢問方式。

⑧いくら：用於詢問價錢，相當於中文「多少錢」。

⑨どのくらい、どれぐらい：用於詢問程度（時間、費用），相當於中文「多少」。

┃例文┃

①

◆ あの人はだれですか。

　　請問那個人是誰呢？

◆ すみません。どなたですか。

　　抱歉，請問您是哪位？

②

◆ お仕事は何ですか。

　　請問您的職業是什麼呢？

◆ 昼ご飯は何を食べますか。

　　請問午餐要吃什麼呢？

③

◆ お茶と紅茶とコーヒー、どれがいいですか。

　請問綠茶、紅茶、咖啡哪個好？

◆ お寿司はどれがおいしいですか。

　請問壽司哪個好吃？

④

◆ A：あの人は誰ですか。　請問那個人是誰？

　B：えっ、どの人ですか。　咦，哪個人？

⑤

◆ 春と秋の、どちらが好きですか。

　請問春天和秋天你比較喜歡哪個呢？

◆ すみませんが、出口はどちらですか。

　不好意思，請問出口在哪邊呢？

⑥

◆ ポストはどこですか。

　請問郵筒在哪裡呢？

◆ 東京で一番高いビルはどこですか。

　請問東京最高的大樓在哪裡呢？

⑦

◆ 試験はいつですか。

　請問考試是什麼時候呢？

◆ そちらは今何時ですか。

　請問你那邊現在是幾點呢？

⑧

◆ この服はいくらですか。

　　請問這件衣服多少錢？

◆ それはいくらですか。

　　請問那個多少錢？

⑨

◆ エッフェル塔の高さはどれぐらいですか。

　　請問艾菲爾鐵塔有多高呢？

◆ 学校までどのくらいかかりますか。

　　請問到學校要花多少時間呢？

┃実戦問題┃

すみません、＿＿＿ ＿＿＿ ★ ＿＿＿。

1 は　　　　　　　**2** どこ　　　　　　　**3** ですか　　　　　　　**4** トイレ

30 疑問詞が

▌意味▌ 哪…；什麼…

▌接続▌ だれ／なに／どれ／いつ／どこ＋が

▌説明▌

疑問詞作主語時，由於是未知的事項，所以助詞不能使用表示特定話題的「は」，而是用「が」凸顯出疑問所在。

▌例文▌

◆ だれがご飯を作りますか。　誰要做飯呢？

◆ 誕生日に何がほしいですか。　你生日想要什麼東西？

◆ どれが田中さんの本ですか。　哪一本才是田中小姐的書呢？

◆ どこが痛いですか。　哪裡會痛呢？

 重要

句型「〜は〜です」與「〜は動詞ます」中，助詞「は」都是用來提示已知訊息為談論的主題，整句的敘述重點放在後方內容。疑問句中，如果主語為已知事物，疑問詞出現在句中，則用助詞「は」將焦點放在後方敘述。

◆ 田中さんの本はどれですか。　田中小姐的書是哪一本呢？

▌実戦問題▌

ここから大学まで、バスとタクシーと、＿＿＿ ★ ＿＿＿ ＿＿＿。

1 が　　　　　**2** か　　　　　**3** 速いです　　　　**4** どちら

31 疑問詞か

▌意味▌ 某…；任…

▌接続▌ だれ／なに／どれ／いつ／どこ＋か

▌説明▌

「疑問詞＋か」表示不確定的訊息，而非疑問，因此句子未必是疑問句。作為主語時，後方必須接續助詞「が」。「何か」、「誰か」、「どこか」後方可以直接接續助詞「が」、「に」、「へ」、「で」、「から」，例如：「何かが」、「誰かに」、「どこかへ」，只有提示主詞的助詞「が」與提示受詞的「を」，通常會省略。

▌例文▌

◆ 玄関にだれかいますよ。

門口有人。

◆ なにかおいしいものを食べましょうか。

去吃點好吃的東西吧。

◆ いつか留学に行きます。

總有一天會去留學。

▌実戦問題▌

＿＿＿ ＿＿＿ ★ ＿＿＿弾いています。

1 だれ   **2** バイオリン   **3** か   **4** を

32 疑問詞か～か

┃意味┃ …什麼嗎？

┃接続┃ だれ／なに／どれ／いつ／どこ＋か＋動詞ます＋か

┃説明┃

由於是不確定的疑問句，必須先以「はい」或「いいえ」回答肯定或否定。否定回答以「疑問詞＋も＋否定」來表示全面否定，如果句中還有其他助詞時，「も」通常放在助詞後，例如：「どこへも」、「何にも」、「誰からも」。其中，「どこへも」的「へ」經常省略。

┃例文┃

◆ 誰か(が)来ますか。　請問有什麼人要來嗎？

◆ A：そのことはだれかに教えましたか。

　　請問那件事你告訴什麼人了嗎？

　　B：いいえ、誰にも教えませんでした。　不，我沒有告訴任何人。

◆ A：授業中、なにか食べましたか。　請問上課時你有吃什麼嗎？

　　B：いいえ、なにも食べませんでした。　不，什麼都沒有吃。

◆ A：田中さんは今度の日曜どこかへ行きますか。

　　請問田中先生這星期天有要去哪裡嗎？

　　B：はい、行きます。　有，要出去。[肯]

　　　　いいえ、どこ(へ)も行きません。　不，哪裡也不去。[否]

┃実戦問題┃

＿＿＿ ★ ＿＿＿ ＿＿＿ありませんか。

1 質問　　　　　**2** か　　　　　**3** は　　　　　**4** 何

33 疑問詞も

┃意味┃ 都…；任何…；什麼也…

┃接続┃

$$\left.\begin{array}{l}
だれ \\
なに \\
どれ \\
いつ \\
どこ
\end{array}\right\} + も + \left\{\begin{array}{l}
肯定述語 \\
否定述語
\end{array}\right.$$

┃説明┃

「疑問詞＋も」表示包括全部的意思。後可接肯定的敘述，亦可接否定的敘述，代表全盤肯定或全盤否定。

┃例文┃

◆ この問題はだれもができます。　這個問題誰都會。

◆ どれも好きです。　任何一個都喜歡。

◆ 弟は朝いつもパンを食べます。　弟弟早上都吃麵包。

◆ なにも食べません。

　　什麼也不吃。

◆ 今、だれにも会いません。

　　現在誰也不見。

◆ あした、どこ（へ）も行きません。

　　明天什麼地方都不去。

┃実戦問題┃

冷蔵庫の＿＿ ＿＿ ★ ＿＿ありません。

1 も　　　　　　**2** 中　　　　　　**3** に　　　　　　**4** なに

● 模擬試験 ●

次の文の（　　）に入れるのに最もよいものを、1・2・3・4から一つ選びなさい。

① バナナは（　　）10 元じゅうげんです。
　　1 1枚いちまい　　**2** 1台いちだい　　**3** 1本いっぽん　　**4** 1冊いっさつ

② すみません、ハンバーガー（　　）2ふたつください。
　　1 が　　　　　**2** を　　　　　**3** に　　　　　**4** か

③ ７０円ななじゅう えんの切手きってを（　　）買かいます。
　　1 2枚にまい　　**2** 2本にほん　　**3** 2杯にはい　　**4** 2階にかい

④ 今いま、何なに（　　）一番欲いちばん ほしいですか。
　　1 を　　　　　**2** が　　　　　**3** か　　　　　**4** に

⑤ デパートで何なに（　　）買かいますか。
　　1 が　　　　　**2** も　　　　　**3** に　　　　　**4** か

⑥ 毎日まいにち（　　）に会社かいしゃへ行いきます。
　　1 どう　　　**2** 何日なんにち　　**3** 何時なんじ　　**4** 8時はち じ

⑦ 事務室じ む しつの電話番号でん わ ばんごうは（　　）ですか。
　　1 いくら　　**2** いつ　　　**3** いくつ　　**4** 何番なんばん

⑧ 隣となりの部屋へ やにだれ（　　）いますよ。
　　1 が　　　　　**2** か　　　　　**3** も　　　　　**4** を

⑨ A：ご出身は（　　）ですか。

B：京都です。

1 どちら　　　　**2** なん　　　　　**3** いつ　　　　　**4** どう

⑩ 客：このパソコンは（　　）ですか。

店員：１５万円です。

1 いくつ　　　　**2** いくら　　　　**3** いかが　　　　**4** どちら

⑪ 亮子：陳さん、この週末どこかへ行きますか。

陳：いいえ、忙しいですから、どこ（　　）行きません。

1 に　　　　　　**2** も　　　　　　**3** が　　　　　　**4** へ

⑫ 田中：紅茶とコーヒーとどちらがいいですか。

イー：どちら（　　）いいです。

1 も　　　　　　**2** か　　　　　　**3** が　　　　　　**4** は

⑬ 金曜日は（　　）行きましょう

1 なんの　　　　**2** どこかへ　　　　**3** どれも　　　　**4** いくら

⑭ 今日誰（　　）掃除しますか。

1 が　　　　　　**2** に　　　　　　**3** で　　　　　　**4** も

⑮ 井上：張さん、毎日（　　）日本語を勉強しますか。

張：3時間勉強します。

1 何時　　　　　**2** いつ　　　　　**3** いくら　　　　**4** どのくらい

第4週

Checklist

☐ 34 どうして

☐ 35 どうやって

☐ 36 どう／いかが

☐ 37 の

☐ 38 と

☐ 39 〜や〜など

☐ 40 も

☐ 41 だけ

☐ 42 しか〜ない

☐ 43 くらい／ぐらい

☐ 44 ごろ

34 どうして

| 意味 | 為什麼

| 接続 | どうして＋ $\begin{cases} ですか \\ 動詞ますか \end{cases}$

| 説明 |

詢問原因、理由的疑問詞，與「なぜ」意思相同。回答時可於句尾加上「から」，表示原因。

| 例文 |

◆ A：どうして会社を休みますか。　為什麼沒有去上班呢？

　　B：用事がありますから。　因為我有事。

◆ A：どうして早く帰りますか。　請問為什麼提早回家呢？

　　B：父の６０歳の誕生日ですから。　因為是我父親60歲生日。

◆ A：あしたアルバイトを休みます。　我明天打工要請假。

　　B：どうしてですか。　請問為什麼呢？

| 実戦問題 |

加藤さん、＿＿＿ ＿＿＿ ★ ＿＿＿か。

1 どうして　　　　**2** 参加しません　　　**3** 修学旅行　　　　**4** に

35 どうやって

┃意味┃ 怎麼做；用什麼方法

┃接続┃ どうやって＋動詞ますか

┃説明┃

「どうやって」作副詞用法，通常用於問路或詢問方法、方式。

┃例文┃

◆ デパートへはどうやって行きますか。

　請問百貨公司要怎麼去呢？

◆ みんなはどうやって仕事を決めますか。

　請問大家是怎麼決定工作呢？

◆ この文章をどうやって探しますか。

　請問這種文章怎麼找呢？

◆ 図書館の本をどうやってインターネットで予約しますか。

　請問圖書館的書怎麼使用網路預約呢？

┃実戦問題┃

ここから＿＿＿ ＿＿＿ ★ ＿＿＿か。

1 バス乗り場　　　**2** までは　　　　**3** 行きます　　　**4** どうやって

61

36 どう／いかが

┃意味┃ 怎麼樣；如何

┃接続┃ 名詞＋は＋どう／いかが＋ですか

┃説明┃

疑問詞「どう」用於詢問對某件事物的感覺、印象，回答通常會使用形容詞句。另外，也可用於向人推薦事物。「どう」的客氣說法為「いかが」。

┃例文┃

◆ Ａ：大学生活はどうですか。　　請問大學生活怎麼樣？

　　Ｂ：とてもおもしろいです。　　非常有趣。

◆ Ａ：コーヒーをもう１杯どうですか。　　請問再來１杯咖啡如何？

　　Ｂ：いいえ、けっこうです。　　不要了，這樣就好了。

◆ Ａ：どれがいいですか。　　請問你覺得哪個好呢？

　　Ｂ：そうですね。あの白いのはどうですか。　　嗯，那麼那個白的怎樣呢？

◆ Ａ：新しい仕事はいかがですか。　　請問新工作做得如何？

　　Ｂ：あまり楽ではありません。　　不太輕鬆。

◆ Ａ：お茶はいかがですか。　　要不要來杯茶？

　　Ｂ：はい、いただきます。　　好，請給我１杯。

┃実戦問題┃

Ａ：わたし、熱い飲み物はちょっと…。

Ｂ：それでは＿＿＿ ＿＿＿ ★ ＿＿＿ですか。

1 どう　　　　　**2** ジュース　　　　　**3** 冷たい　　　　　**4** は

37 の

┃意味┃ …的…

┃接続┃ 名詞₁＋の＋名詞₂

┃説明┃

助詞「の」可以用於表示附屬、所有人、關係人、類型、同位語等，連接次數以適度為原則。在回答問題時，「の」後方的名詞在不影響意思表達的情況下，一般都可省略，但是表示「所有關係」，接續名詞為人時，不能省略。

①表示敘述機關行號或是地方等大範圍內的細項，「名詞₂」附屬於「名詞₁」。
　詢問所屬範圍時，使用疑問詞「どこ」。

②表示某人所擁有的物品，或是與某人有關係的人，「名詞₂」為「名詞₁」所有。
　詢問所有人時，使用疑問詞「だれ（誰）」。

③表示某種類型的物品，「名詞₁」為「名詞₂」的性質或種類。詢問內容說明時，
　使用疑問詞「何」。

④表示對等地位的同位用法，「名詞₁」與「名詞₂」為相同屬性。

┃例文┃

①
　◆ Ａ：これはどこのワインですか。　　這是哪裡的葡萄酒呢？
　　　Ｂ：フランスのワインです。　　這是法國的葡萄酒。

②
　◆ Ａ：これはだれの財布ですか。　　這是誰的錢包呢？
　　　Ｂ：それは木村さんのです。　　那是木村小姐的錢包。

③
　◆ Ａ：それは何の本ですか。　　那是什麼書呢？
　　　Ｂ：これはファッションの雑誌です。　　那是時尚雜誌。

④
　◆ こちらは同僚の佐藤です。　　這位是我同事佐藤先生。

┃実戦問題┃

中村さん＿＿＿ ＿＿＿ ＿★＿ ＿＿＿の学生です。

1 は   **2** 京都大学   **3** 文学部   **4** の

38 と

┃意味┃ 和

┃接続┃ (相手)名詞＋と＋動詞

┃説明┃

①助詞「と」除了連接名詞與名詞的「並列」用法之外，也可以表示共同行為者。後方搭配副詞「一緒に」，意思會更明確。

②雙向動作須用助詞「と」表達，但是不可以搭配「一緒に」，例如結婚需要兩人才能成立，無法單獨一人完成。

┃例文┃

①
- ◆ 小林 さんと (一緒に) 帰ります。　我要和小林先生一起回家。
- ◆ 友達と (一緒に) 映画を見ます。　我要和朋友一起看電影。

②
- ◆ あの人と結婚します。　我將和那個人結婚。
- ◆ 弟と喧嘩しました。　我和弟弟吵架。

 重 要

要提示共同行動的參與人數時，可以用「人數＋で」表示。

◆ 田中さんと 2 人で昼ご飯を食べます。

我要和田中先生兩人吃午飯。

┃実戦問題┃

お母さんとお姉さん___★___ ___ ___ ___へ行きます。

1 と　　　　　**2** 3人　　　　　**3** デパート　　　　**4** で

39 ～や～など

┃意味┃ …等；…或

┃接続┃ 名詞₁＋や＋名詞₂＋（など）

┃説明┃

助詞「や」是從許多事物中例舉兩、三個代表，在最後一項列舉後方可以接續「など」，表示除了列舉的事物之外還有其他事物未列舉，在會話中有時會省略。

┃例文┃

◆ 毎朝コンビニへコーヒーやパンを買いに行きます。

　每天早上會去便利商店買咖啡、麵包等等。

◆ この料理はにんじんや鶏で作ります。

　這道菜是用紅蘿蔔、雞肉等等做成。

◆ Ａ：引出しの中に何かありますか。　抽屜裡有沒有什麼東西呢？

　Ｂ：はい、のりや消しゴム（など）があります。　有膠水和橡皮擦等等。

 重要

助詞「や」是在列舉名詞時使用，而助詞「と」則是並列助詞。

◆ かばんの中に本と鉛筆があります。

　包包裡有書和鉛筆。

┃実戦問題┃

かばんの中に本や鉛筆＿＿＿　＿＿＿　★＿＿＿　＿＿＿。

1 あります　　　　**2** や　　　　　**3** が　　　　　**4** 傘

40 も

┃意味┃ …也是…

┃接続┃ 名詞＋も

┃説明┃

「も」是用來提示同性質事物的助詞，表示另一個主題也擁有相同特質時，使用句型為「～も～です」。如果疑問句主題用助詞「も」詢問，肯定回答時也使用助詞「も」，否定回答則使用助詞「は」強調敘述。

┃例文┃

◆ A：高橋さんも弁護士ですか。　請問高橋先生也是律師嗎？

　 B：はい、高橋さんも弁護士です。　是，高橋先生也是律師。[肯]

◆ A：マイケル先生はアメリカ人です。マリア先生もアメリカ人ですか。

　　　麥可老師是美國人，瑪莉亞老師也是美國人嗎？

　 B：いいえ、マリア先生はアメリカ人ではありません。

　　　不，瑪莉亞老師不是美國人。[否]

┃実戦問題┃

田中さんは日本からの留学生です。鈴木さん＿＿＿　★　＿＿＿ ＿＿＿留学生です。

1 の　　　　　　**2** から　　　　　　**3** 日本　　　　　　**4** も

41 だけ

┃意味┃ 只；僅

┃接続┃ 名詞／数量詞＋だけ

┃説明┃

用於限定事物的數量、範圍或程度，表示只有這些。名詞能直接接續「だけ」，後方的「は」、「が」、「を」等格助詞可以省略。

┃例文┃

◆ 休みは日曜日だけです。

　　休假只有星期日。

◆ お昼は野菜だけ（を）食べます。

　　午餐只吃蔬菜。

◆ 教室には学生だけ（が）います。

　　教室裡只有學生。

◆ Ａ社には日本人の社員が１人だけいます。

　　Ａ公司裡只有１位日本職員。

◆ 家族だけで誕生日パーティーをします。

　　舉辦一個只有家族參加的慶生會。

◆ 毎年この島では女の人だけのお祭りがあります。

　　每年這座島上都會舉辦只限女性參加的祭典。

┃実戦問題┃

　　Ｂ社には台湾人の＿＿＿ ★ ＿＿＿ ＿＿＿。

　　1 社員が　　　　　　**2** だけ　　　　　　**3** ２人　　　　　　**4** います

42 しか～ない

┃意味┃ 才…；只…

┃接続┃ 名詞／数量詞＋しか＋動詞ません

┃説明┃

「しか」後方接續動詞否定形式，表示限定，有說話者認為數量極少的意思；「だけ」則是單純敘述限定於某範圍。如果要加強語氣，也可同時使用「だけ」與「しか～ない」。

┃例文┃

◆ 教室には学生しかいません。

　　教室裡只有學生而已。

◆ 冷蔵庫にはたまごしかありません。

　　冰箱裡面只有蛋。

◆ Ａ：あなたは１年に何回旅行に行きますか。　　請問你１年去旅行幾次？

　　Ｂ：１回しか行きません。　　只去１次。

◆ 店員：恐れ入りますが、今はこれだけです。

　　　　　真是抱歉，目前只有這個。

　　客：これだけしかないですか。困りますね。

　　　　請問只剩這個而已嗎？真是傷腦筋。

┃実戦問題┃

わたしは友達＿＿＿　＿＿＿　★　＿＿＿。

1 しか　　　　　　**2** が　　　　　　　**3** １人　　　　　　**4** いません

43 くらい／ぐらい

┃意味┃ 大約…左右

┃接続┃ 数量詞＋くらい／ぐらい $\left\{\begin{array}{l} です \\ 動詞ます \end{array}\right.$

┃説明┃

「くらい」或「ぐらい」接續於期間、價錢、距離或是人數等數量詞後方，表示大約的數量。要確認期間長短或是價錢多寡時，可以用「どのくらい」、「どれくらい」詢問時間多久、花費多少。

┃例文┃

◆ A：夏休みはどのくらいですか。　請問暑假大約多久？
　 B：2か月くらいです。　大約兩個月。

◆ 重いですね。このスーツケースは何キロぐらいですか。

　 好重啊。請問這個行李箱大約幾斤公斤？

◆ あなたは毎週何冊くらい本を読みますか。

　 請問你每週大約看幾本書呢？

◆ 毎日 7 時間ぐらい寝ます。

　 每天大約睡 7 個小時。

┃実戦問題┃

大阪から東京まで＿＿＿ ＿＿＿ ＿＿＿ ＿★＿かかります。

1 で 　　　**2** 飛行機 　　　**3** ぐらい 　　　**4** 1 時間

44 ごろ

┃意味┃ 大約…左右

┃接続┃ 時間名詞＋ごろ

┃説明┃

「ごろ」漢字為「頃」，用來表示某個大約的時間點，例如「5時頃」意思是5點左右。作為動作發生的時間點時，助詞「に」可加可不加。另外，此文法詢問動作大約何時發生時，會用「いつごろ」詢問。

┃例文┃

◆ 毎日 7時ごろ(に)会社へ行きます。

　　每天大約7點左右去公司。

◆ 毎晩 １１時ごろ(に)寝ます。

　　每晚大約11點左右睡覺。

◆ A：いつごろ日本へ行きますか。　請問大約什麼時候會去日本呢？
　 B：8月に行きます。　8月會去。

 重要

　 用來表達大約的時間長短時，只能用「ぐらい」不可以使用「ごろ」。

◆ 駅まで１時間ぐらいかかります。

　　到車站大約要花１小時左右。

┃実戦問題┃

あした＿＿＿ ＿＿＿ ★ ＿＿＿行きます。

1 へ　　　　　　**2** 8時　　　　　**3** 学校　　　　　**4** ごろ

●── 模擬試験 ──●

次の文の（　　）に入れるのに最もよいものを、1・2・3・4から一つ選びなさい。

1 これはイタリア（　　）かばんです。
　　1 に　　　　　　**2** の　　　　　　**3** で　　　　　　**4** が

2 来週クラスメート（　　）一緒にコンサートに行きます。
　　1 で　　　　　　**2** と　　　　　　**3** に　　　　　　**4** が

3 冷蔵庫の中にさしみ（　　）ビールなどがあります。
　　1 や　　　　　　**2** が　　　　　　**3** ど　　　　　　**4** も

4 わたしは毎朝6時（　　）起きます。
　　1 しか　　　　　**2** など　　　　　**3** だけ　　　　　**4** ごろ

5 こちらは友達（　　）リサーさんです。
　　1 が　　　　　　**2** に　　　　　　**3** の　　　　　　**4** も

6 毎日2時間（　　）ドラマを見ます。
　　1 しか　　　　　**2** ごろ　　　　　**3** ぐらい　　　　**4** など

7 財布の中に100円（　　）ありません。
　　1 くらい　　　　**2** しか　　　　　**3** だけ　　　　　**4** ごろ

8 母：（　　）朝ご飯を食べませんか。
　　妹：時間がありませんから。
　　1 どう　　　　　**2** どうやって　　**3** どれ　　　　　**4** どうして

⑨ 斎藤：中村さん、新しい仕事は（　　）ですか。
中村：大変ですが、おもしろいですよ。

1 どう　　　　　　2 なん　　　　　　3 どうして　　　　4 どうやって

⑩ 今ダイエット中ですから、お昼は卵（　　）食べます。

1 しか　　　　　　2 だけ　　　　　　3 ごろ　　　　　　4 や

⑪ 高橋：山田さん、来週（　　）京都へ行きますか。
山田：新幹線で行きます。

1 なん　　　　　2 どうやって　　　3 なに　　　　　4 どうして

⑫ 田中：石川さん、ビールをもう1杯（　　）ですか。
石川：いいえ、けっこうです。

1 いかが　　　　　2 なぜ　　　　　3 だけ　　　　　4 ごろ

⑬ これはアニメ（　　）ＣＤです。

1 や　　　　　　　2 も　　　　　　3 と　　　　　　　4 の

⑭ いつも1人（　　）映画を見ます。

1 や　　　　　　　2 と　　　　　　3 で　　　　　　　4 も

⑮ （教室で）
式田：これは橋本さんのノートですか。
橋本：はい、そうです。
式田：この傘（　　）橋本さんのですか。
橋本：いいえ、それ（　　）小林さんのですよ。

1 は／は　　　　　2 も／も　　　　　3 も／は　　　　　4 は／も

第 5 週

Checklist

□　45　とても／すこし／ちょっと／
　　　　あまり／ぜんぜん

□　46　ぜんぶ／たくさん／すこし／ちょっと

□　47　いつも／よく／ときどき／
　　　　あまり／ぜんぜん

□　48　よく

□　49　また

□　50　まだ

□　51　もう

□　52　だんだん

□　53　すぐ（に）

□　54　もっと

□　55　イ形く／ナ形に

45 とても／すこし／ちょっと／あまり／ぜんぜん

▍意味▍ とても：非常

すこし：有點

ちょっと：稍微

あまり：不太

ぜんぜん：完全不

▍接続▍

とても／すこし／ちょっと＋$\begin{cases} ナ形 \\ イ形い \end{cases}$

あまり／ぜんぜん＋$\begin{cases} ナ形ではない \\ イ形くない \end{cases}$

▍説明▍

放在形容詞之前修飾人、事、物狀態的程度副詞。

①とても：相當於中文的「很」、「非常」，用於肯定句。

②すこし：表示程度只有一點點。

③ちょっと：表示程度上很少。

④あまり：相當於中文的「不太」，用於否定句，也可以修飾動詞，表示頻率低。

⑤ぜんぜん：相當於中文的「完全不」，用於否定句，也可以修飾動詞，表示頻率
　　　　　　為零。

▍例文▍

①
◆ 姉の部屋はとてもきれいです。

姉姉的房間非常乾淨整潔。

◆ 北海道の冬はとても寒いです。

北海道的冬天非常冷。

②

◆ この文章はすこし難しいです。

　　這篇文章有點困難。

◆ この靴はすこし小さいです。

　　這雙鞋有點小。

③

◆ この部屋はちょっと暑いですね。

　　這間房間稍微有點熱呢！

◆ 今週はちょっと忙しいです。

　　這星期稍微有點忙。

④

◆ 数学はあまり好きじゃありません。

　　我不太喜歡數學。

◆ 沖縄の冬はあまり寒くないです。

　　沖繩的冬天不太冷。

⑤

◆ あの子はぜんぜんかわいくないです。

　　那個小孩一點也不可愛。

◆ この小説はぜんぜん面白くないです。

　　這部小說完全不有趣。

┃実戦問題┃

この近くに＿＿ ★ ＿＿ ＿＿ ＿＿ありますよ。今度買いに行きませんか。

1 おいしい　　　　**2** が　　　　　　**3** パン屋　　　　**4** とても

77

46 ぜんぶ／たくさん／すこし／ちょっと

┃意味┃ ぜんぶ：全部

たくさん：很多

すこし：一點點

ちょっと：稍微

┃接続┃ ぜんぶ／たくさん／すこし／ちょっと＋動詞

┃説明┃

放在動詞之前表示數量的程度副詞。

┃例文┃

◆ 牛乳はぜんぶ飲みました。

牛奶全部喝掉了。

◆ 本はぜんぶ入りません。

書無法全部放進去。

◆ そのレモンティーは甘いですよ。砂糖をたくさん入れましたから。

那杯檸檬茶很甜喔，因為放了很多糖。

◆ わたしはたくさん運動しましたから、お腹がすきました。

我做了很多運動，所以肚子餓了。

◆ すこし塩を入れてください。

請加一點點鹽。

◆ 田中さんは英語がすこし分かります。

田中先生懂一點點英文。

◆ ちょっとお茶を飲みますか。

要喝點茶嗎？

◆ ちょっと口をあけてください。

嘴巴請稍微張開一點。

 重要

「ちょっと」除了用於表示程度、數量上的一點點，可以用於表示短暫的時間，或是委婉表達否定意願。

◆ ちょっと待ってください。

請稍等一下。

◆ わたしは熱い飲み物はちょっと…。

我不太想喝熱飲……。

実戦問題

A：今日は＿＿＿ ＿＿＿ ★ ＿＿＿。ぜんぜん終わりません。

B：お仕事、大変ですね。

1 あります **2** たくさん **3** が **4** 仕事

79

47 いつも／よく／ときどき／あまり／ぜんぜん

┃**意味**┃ いつも：總是

よく：經常

ときどき：有時

あまり：不太

ぜんぜん：完全不

┃**接続**┃ いつも／よく／ときどき＋動詞ます

あまり／ぜんぜん＋動詞ません

┃**説明**┃

表示動作頻率的程度副詞，放在所修飾的動詞之前。「あまり」、「ぜんぜん」為否定用法，後方要接續「動詞ません」。動作頻率由高到低分別為：

①いつも：表示平常的作息或習慣。

②よく：表示頻率頻繁，但是還未到固定行為的程度。

③ときどき：頻率比「よく」稍低。

④あまり：後方接續否定，表示頻率很低。

⑤ぜんぜん：後方接續否定，強調「完全不…」。

┃**例文**┃

①

◆ わたしはいつも家でごはんを食べます。

我總是在家裡吃飯。

◆ 兄はいつも歩いて帰ります。

哥哥總是走路回家。

80

②

◆ 中本さんはよくピンポンをします。

　中本先生經常打乒乓球。

◆ 外国人はよく東京駅で迷子になります。

　外國人很常在東京車站迷路。

③

◆ わたしはときどき先生に手紙を書きます。

　我有時會寫信給老師。

◆ 高橋さんはときどきフランス料理を作ります。

　高橋小姐有時會做法國料理。

④

◆ 妹はあまり運動をしません。

　妹妹不太做運動。

◆ クラシックはあまり聞きません。

　我不太聽古典樂。

⑤

◆ イタリア語はぜんぜんわかりません。

　我對義大利文一竅不通。

◆ わたしはぜんぜん刺し身を食べません。

　我完全不吃生魚片。

▌実戦問題▐

わたしは___ ★ ___ ___ ___を出て、仕事に行きます。

1 いつも　　　　**2** に　　　　**3** 家　　　　**4** 7 時

48 よく

┃**意味**┃ 很、好好地

┃**接続**┃ よく＋動詞

┃**説明**┃

表示強調的程度，中文翻譯會根據前後文有所改變。

┃**例文**┃

◆ 今日はよく晴れています。

  今天天氣很晴朗。

◆ わたしは日本語がよくわかりません。

  我不是很懂日語。

◆ この写真をよく見てください。

  請仔細看這張照片。

◆ よく考えて答えてください。

  請仔細思考後再回答。

重要

「よく」除了用來表示程度，還能用來表示動作的頻率頻繁，但是還未到固定行為的程度。中文翻譯多會翻成「經常」。

┃**実戦問題**┃

野球＿＿＿ ＿＿＿ ＿＿＿ ＿★＿わかります。

1 が   **2** ルール   **3** よく   **4** の

49 また

┃意味┃　又；再

┃接続┃　また＋動詞

┃説明┃

表示相同的事情再次發生。

┃例文┃

◆ 今日(きょう)はこれで失礼(しつれい)します。あしたまた来(き)ます。

　今天就先行告退了。我明天再來。

◆ うちに帰(かえ)って昼(ひる)ご飯(はん)を食(た)べてから、また戻(もど)ります。

　我先回家吃午餐後再回來。

◆ あした、国(くに)に帰(かえ)ります。また来月(らいげつ)戻(もど)ります。

　我明天要回國，下個月再回來。

重要

「まだ」表示還沒、尚未，與「また」意思、重音皆不同。

◆ 「また」と「まだ」はアクセントが違(ちが)います。

　「また」與「まだ」的重音不一樣。

┃実戦問題┃

また＿＿＿ ＿＿＿ ★ ＿＿＿。

1 使(つか)いました　　**2** お金(かね)　　**3** を　　**4** むだな

50 まだ

┃意味┃ ①還　②還沒

┃接続┃ ①まだ＋肯定

②まだ＋否定

┃説明┃

①肯定句中，「まだ」表示某件事或某個狀態還在進行。後方為動詞時，經常接續表示進行狀態的「動詞ています」。

②非過去式否定句中，「まだ」表示某件事或某個狀態尚未結束、完了。後方為動詞否定形時，經常接續表示否定進行狀態的「動詞ていません」。

┃例文┃

①

◆ お弁当はまだ温かいです。　便當還是熱的。

◆ 休みはまだ1日あります。　假期還有1天。

◆ 彼はまだ寝ています。　他還在睡。

②

◆ これはまだあなたのものではありません。

這還不是你的東西。

◆ 先生はまだここへ来ていません。

老師還沒有來。

◆ 会議はまだ終わっていません。

會議還沒結束。

┃実戦問題┃

秋の＿＿＿ ★ ＿＿＿ ＿＿＿です。

1 初め　　　　　**2** 暑い　　　　　　　**3** まだ　　　　　**4** は

51 もう

┃意味┃ ①已經　②已經（不再）　③再

┃接続┃ ①もう＋肯定

②もう＋否定

③もう＋数量詞

┃説明┃

①肯定句中，「もう」表示某件事或某狀態已經發生或結束、完了。此用法「もう」
的語調需要往下降，後方為動詞時，必須接續動詞過去式「動詞ました」。

②否定句中，「もう」表示某件事或某狀態已經不存在或不會發生。此用法「もう」
的語調需要往下降。

③「もう」後方接續數量詞或程度副詞「すこし」時，表示某件事或某狀態重複或
程度加深，有「追加」的意思。此用法「もう」的語調需往上揚。

┃例文┃

①

◆ もうホテルを予約_{よやく}しましたか。

　已經預約飯店了嗎？

◆ もう昼_{ひる}ですよ。

　已經中午了。

②

◆ あなたはもう社長_{しゃちょう}ではありません。

　你已經不再是公司的老闆了。

◆ 牛乳_{ぎゅうにゅう}はぜんぶ飲_のみました。もうありません。

　牛奶都喝完了，已經沒有了。

③

◆ Ａ：もう1杯どうですか。

   要不要再來一杯？

   Ｂ：いいえ、けっこうです。

   不用了，這樣就好了。

◆ 声が小さいです。もうすこし大きい声で言ってください。

   聲音太小了，請再說大聲點。

┃実戦問題┃

電車＿＿ ＿★＿ ＿＿ ＿＿、タクシーで帰ります。

1 は   **2** から   **3** ありません   **4** もう

52 だんだん

┃意味┃ 漸漸

┃接続┃ だんだん＋動詞

┃説明┃

「だんだん」是描述變化程度的副詞，表示由一種狀態緩慢的變成另一種狀態。

┃例文┃

◆ これからだんだん暑くなります。　接下來天氣會開始逐漸變熱。

◆ 日本語がだんだん上手になりました。　日文漸漸進步了。

◆ お客さんがだんだん増えてきました。　客人漸漸增加了。

 重要

「どんどん」與「だんだん」都是表示持續性的變化，但在時間變化上，兩者的最大的差異在於「速度」。「だんだん」表示緩慢地變化，而「どんどん」表示快速地變化。

◆ だんだん暑くなりました。

漸漸變熱了。（緩慢地變化）

◆ どんどん暑くなりました。

越來越熱了。（快速地變化）

┃実戦問題┃

もう１２月ですね。＿＿＿　＿＿＿　★　＿＿＿よ。

1 寒く　　　　　**2** だんだん　　　　　**3** なります　　　　　**4** これから

53 すぐ(に)

┃意味┃ ①馬上　②（距離）很近

┃接続┃ すぐ(に)＋名詞／動詞

┃説明┃

表示事物或狀態出現的時間很短或是距離很近的意思。在表示時間時，有時可以加「に」，表示在極短的時間內出現某種狀態和結果。

┃例文┃

①
- 今すぐ会社へ行きます。

  現在馬上去公司。

- 今すぐうちに帰ります。

  現在馬上回家。

②
- 銀行はすぐそこです。

  銀行就在那附近。

- 学校は公園のすぐそばです。

  學校就在公園的旁邊。

┃実戦問題┃

＿＿＿ ★ ＿＿＿ ＿＿＿手紙を読みます。

1 の　　　　**2** すぐ　　　　**3** 家族　　　　**4** から

54 もっと

┃意味┃ 更

┃接続┃ もっと＋ナ形容詞／イ形容詞／動詞

┃説明┃

表示加強程度或狀態。

┃例文┃

◆ もっと大きい服はありますか。

有較大尺寸的衣服嗎？

◆ もっと本を読みたいです。

我想看更多書。

◆ もっと食べてください。まだたくさんありますから。

請再多吃一點，還有很多呢！

┃実戦問題┃

醬油をすこしかけてください。 ___★___ _____ _____ _____。

1 よ **2** なります **3** おいしく **4** もっと

55 イ形く／ナ形に

┃意味┃ …地

┃接続┃ イ形い＋く
ナ形＋に ｝＋名詞

┃説明┃

形容詞可以變成「副詞形」，具有副詞功能，用於修飾動詞。「イ形容詞」副詞形是將語尾的「い」去掉換成「く」，「ナ形容詞」的副詞形是直接在語幹後方加上「に」。

	副詞形	
イ形容詞	おそい＋く	おそく（緩慢地）
	おもしろい＋く	おもしろく（有趣地）
ナ形容詞	まじめ＋に	まじめに（認真地）
	かんたん＋に	かんたんに（簡單地）

┃例文┃

◆ わたしは毎朝早く起きます。　我每天早上很早起床。

◆ これからだんだん寒くなります。　天氣會開始逐漸變冷。

◆ 彼は字をきれいに書きます。　他字寫得很漂亮。

◆ まじめに働きます。　認真地工作。

┃実戦問題┃

これからこの教材＿＿ ＿＿ ★ ＿＿説明します。

1 を　　　　　2 使い方　　　　　3 簡単に　　　　4 の

● 模擬試験 ●

次の文の（　　）に入れるのに最もよいものを、1・2・3・4から一つ選びなさい。

① もう6時です。空が（　　）暗くなりました。
　　1 まだ　　　　　　**2** よく　　　　　　**3** また　　　　　　**4** だんだん

② 部長は（　　）会議中です。
　　1 もう　　　　　　**2** まだ　　　　　　**3** よく　　　　　　**4** すぐに

③ ここの空気は（　　）よくないです。
　　1 すこし　　　　　**2** とても　　　　　**3** あまり　　　　　**4** ぜんぶ

④ わたしは（　　）お酒を飲みません。
　　1 よく　　　　　　**2** いつも　　　　　**3** ときどき　　　　**4** ぜんぜん

⑤ （　　）レストランを予約しましたよ。
　　1 まだ　　　　　　**2** もう　　　　　　**3** よく　　　　　　**4** いつも

⑥ 今晩用事がありますから、今日（　　）家へ帰ります。
　　1 早くに　　　　　**2** 早く　　　　　　**3** 早い　　　　　　**4** 早いに

⑦ わたしはカレーが大好きです。今晩の夕食は（　　）カレーですよ。
　　1 また　　　　　　**2** まだ　　　　　　**3** もう　　　　　　**4** よく

⑧ この問題は難しいですから、（　　）一度説明しますね。
　　1 まだ　　　　　　**2** ぜんぶ　　　　　**3** もう　　　　　　**4** もっと

9 富士山は（　　）高いです。

1 よく **2** すこし **3** とても **4** ちょっと

10 井上：吉田さん、卒業後、何をしますか。
　　吉田：（　　）分かりません。

1 もう **2** まだ **3** また **4** すぐ

11 加藤：小林さん、これは野本さんからの絵葉書です。
　　小林：じゃ、（　　）読みます。

1 また **2** もう **3** すぐ **4** もっと

12 A：体の調子はどうですか。
　　B：おかげさまでもう（　　）なりましたよ。

1 元気 **2** 元気な **3** 元気だ **4** 元気に

13 わたしは朝（　　）ジョギングします。

1 ときどき **2** あまり **3** ちょっと **4** ぜんぜん

14 齋藤：恭子、もうかぜ薬を飲みましたか。
　　恭子：いいえ、（　　）。

1 もう飲みました **2** まだ飲みません
3 まだです **4** まだ飲みませんでした

15 （靴屋で）
　　客：（　　）大きい靴はありますか。
　　店員：はい、こちらどうぞ。

1 よく **2** もっと **3** とても **4** あまり

第 6 週

Checklist

- [ ] 56 〜は〜が〜
- [ ] 57 〜があります／います
- [ ] 58 〜に〜があります／います
- [ ] 59 〜は〜にあります／います
- [ ] 60 〜は〜が好き／嫌いです
- [ ] 61 〜は〜が上手／下手／得意／苦手です
- [ ] 62 〜がわかります
- [ ] 63 〜ができます
- [ ] 64 〜がほしい／ほしくないです
- [ ] 65 〜たい／たくないです
- [ ] 66 〜がいい

56 ～は～が～

┃意味┃ …的…

┃接続┃ 主題は＋主語が＋述語

┃説明┃

雙主語句中的「主語」通常是「主題」的一部分或所有物。助詞「は」接續在名詞、代名詞之後，提示整個句子的主題或動作者；助詞「が」則提示述語所描述的狀態或事物的主語，「主語＋が＋述語」的結構形成雙主語句的說明部分。

夏子は	きれいです。		夏子很漂亮。
主題・主語	述語		
夏子は	手が	きれいです。	夏子的手很漂亮。
主題・主語	主語	述語	

┃例文┃

◆ 象は鼻が長いです。　大象的鼻子很長。

◆ 加藤さんは背が高いです。　加藤先生個子很高大。

◆ 今日は天気がいいです。　今天天氣很好。

◆ 秋は雨が多いです。　秋天多雨。

◆ 東京は交通が便利です。　東京的交通很便利。

┃実戦問題┃

＿＿＿ ＿＿＿ ★ ＿＿＿大きいですから、たくさん食べます。

1 が　　　　**2** 体　　　　**3** は　　　　**4** 彼

57 ～があります／います

┃意味┃ 有…

┃接続┃ 名詞＋が＋ { ①あります ②います

┃説明┃

用於描述人、事、物的存在，主語用助詞「が」表示。

①存在動詞「あります」用於表示植物或是無生命之事物的存在。

②存在動詞「います」用於表示有生命且能移動的人或是動物的存在。

┃例文┃

①

◆ 庭に花があります。

　　庭院裡有花。

◆ 月曜日に予定がありますか。

　　請問星期一有什麼預定的事嗎？

◆ すみません。あしたは午後 3 時から約束があります。

　　不好意思，明天下午 3 點有約了。

②

◆ 彼女はかわいい犬がいます。　她有一隻很可愛的狗。

◆ A：兄弟が何人いますか。　請問你有幾個兄弟姊妹？

　　B：5 人います。　有 5 個兄弟姊妹。

┃実戦問題┃

A：今日は＿＿　★　＿＿　＿＿。ぜんぜん終わりません。

B：お仕事、大変ですね。

1 仕事　　　　　**2** あります　　　　**3** が　　　　　**4** たくさん

58 ～に～があります／います

┃意味┃ 在…有…

┃接続┃ 名詞₁＋に＋名詞₂＋が＋ $\begin{cases} ①あります \\ ②います \end{cases}$

┃説明┃

表示某地方有某項人、事、物。存在動詞搭配助詞「に」，表示「存在的場所」。

① 「～に～があります」是說話者陳述在已知的地方有某項事物或植物。詢問有什麼物品時，使用疑問詞「なに」。

② 「～に～がいます」是說話者陳述在已知的地方有某人或動物。詢問有誰在時，使用疑問詞「だれ」；詢問有什麼動物在時，使用疑問詞「なに」。

┃例文┃

①
- ◆ 庭にバラがあります。　庭院裡有玫瑰。
- ◆ 奈良の北に京都があります。　奈良的北邊是京都。

②
- ◆ この池に魚がいます。　這個池子裡有魚。
- ◆ 学校にいろいろな国の人がいます。　學校裡有各式各樣不同國家的人。

 重要

助詞「に」用於表示場所時，後方經常接續靜態動詞，而非動態動詞；動態動詞則會搭配助詞「で」表示動作場所。

- ◆ 図書館で勉強します。　在圖書館讀書。

┃実戦問題┃

この事務所＿＿＿＿　＿＿＿　★＿＿＿　＿＿＿あります。

1 には　　　　　**2** 9つ　　　　　**3** 椅子　　　　　**4** が

59 〜は〜にあります／います

┃意味┃ …在…

┃接続┃ 名詞₁＋は＋名詞₂＋に＋ ①あります
②います

┃説明┃

表示人、事、物所在的位置。這個說話者與聽話者雙方都知道的人、事、物，必須
用助詞「は」提示為主題。詢問所在的場所時，則使用疑問詞「どこ」。

① 「〜は〜にあります」是說話者陳述物品或植物所在的位置。

② 「〜は〜にいます」是說話者陳述人或動物所在的位置。

┃例文┃

①
◆ 図書館の入り口は２階にあります。　圖書館的入口在２樓。
◆ イギリスの大使館はどこにありますか。　英國大使館在哪裡呢？

②
◆ 今、先生は教室にいます。　現在老師在教室嗎？
◆ うちの猫はあの木の上にいます。　我家的貓在那棵樹上。

 重要

陳述位置的主題句，由於語意不易混淆，所以後半部的「〜にあります」、
「〜にいます」皆可代換為「〜です」。

◆ 時計はテレビの上にあります（＝です）。　時鐘在電視機上面。
◆ 猫は箱の中にいます（＝です）。　貓在箱子裡。

┃実戦問題┃

お母さん＿＿ ＿＿ ★ ＿＿か、リビングにいますか。

1 は　　　　**2** に　　　　　**3** います　　　**4** 台所

60 ～は～が好き／嫌いです

┃意味┃ ①…喜歡…　②…討厭…

┃接続┃ 名詞₁＋は＋名詞₂＋が＋$\left\{\begin{array}{l}①好き\\②嫌い\end{array}\right.$＋です

┃説明┃

表示好惡。ナ形容詞「好き」、「嫌い」前方接續助詞「が」，用以表示好惡的對象。否定回答或是與其他事物比較時，助詞「が」須改成「は」。陳述非常喜歡或非常討厭，可以在「好き」、「嫌い」前方搭配接頭語「大（だい）」。

┃例文┃

①
◆ 山口さんは日本料理が好きです。　山口小姐喜歡日本料理。
◆ A：橋本さんはコーヒーが好きですか。　橋本小姐喜歡咖啡嗎？
　 B：はい、大好きです。　是的，非常喜歡。
◆ A：松本さんは猫が好きですか。　松本先生喜歡貓嗎？
　 B：いいえ、猫は好きではありません。　不，我不喜歡貓。

②
◆ 田中さんはお酒が嫌いです。

　 田中先生討厭喝酒。

◆ 彼女はスポーツが大嫌いです。

　 她非常討厭運動。

┃実戦問題┃

A：一番好きな科目は何ですか。
B：＿＿＿ ★ ＿＿＿ ＿＿＿。

1 が　　　　　　**2** 英語　　　　　　**3** 一番　　　　　　**4** 好きです

61 ～は～が上手／下手／得意／苦手です

▌意味▌　上手／得意：擅長

　　　　下手／苦手：不擅長

▌接続▌　名詞₁＋は＋名詞₂＋が＋上手／下手／得意／苦手＋です

▌説明▌

表示能力好壞、技術巧拙時，可以使用ナ形容詞「上手」、「下手」、「得意」、「苦手」等來表現。前方接續助詞「が」，表示能力好壞或是技術巧拙的對象。

▌例文▌

◆ 鈴木さんは、絵が上手ですね。

　　鈴木同學，你好擅長畫畫喔！

◆ 彼は中国語が下手です。

　　他不擅長中文。

◆ わたしは英語が得意です。

　　我擅長英語。

◆ 桃子さんは数学が苦手です。

　　桃子同學不擅長數學。

◎ 重要

　「上手」與「得意」意思類似，但是用法上「上手」含有褒獎之意，通常用於稱讚對方技術高明，而「得意」則用於陳述自己或他人擅長的事物。

▌実戦問題▌

わたし＿＿＿ ＿＿＿ ★ ＿＿＿です。

1 料理　　　　　2 は　　　　　　3 が　　　　　　4 下手

99

62 ～がわかります

▌意味▌ 懂…；明白…

▌接続▌ 名詞＋が＋わかります

▌説明▌

「わかります」是根據過去的經驗或已有的知識，運用辨別、判斷能力，描述認知狀態，前方接續助詞「が」表示認知的對象。

▌例文▌

◆ この言葉の意味がわかりません。　我不懂這個詞語的意思。

◆ 道がよくわかりません。　我不是很清楚路要怎麼走。

◆ 彼の気持ちがよくわかります。　我很明白他的心情。

◆ スケートの楽しさがすこしわかります。　我稍微明白溜冰的樂趣。

 重要

瞬間動詞「知る」意思為「知道」，則用於描述知識的有無，表示不知道為「知りません」，敘述知道的狀態則用「知っています」，受詞用助詞「を」表示。

◆ 山田さんの住所は知りません。

我不知道山田先生的住址。

◆ Ａ：わたしのかばんを知りませんか。　你有看到我的包包嗎？
　 Ｂ：机の上にありますよ。　在書桌上喔。

▌実戦問題▌

先生、＿＿＿ ★ ＿＿＿ ＿＿＿わかりません。

1 問題　　　　　**2** が　　　　　　**3** の　　　　　　**4** 5番

63 ～ができます

┃意味┃ 會…；能夠…

┃接続┃ 名詞＋が＋できます

┃説明┃

「できます」用於敘述個人能力或是事情的可能性，前方接續助詞「が」表示內容。否定則使用「できません」。

┃例文┃

◆ わたしは運転（うんてん）ができます。　我會開車。

◆ Ａ：ご主人（しゅじん）は英語（えいご）ができますか。　您丈夫會英文嗎？

　　Ｂ：はい、できます。　是的，我丈夫會英文。

◆ ここは電波（でんぱ）が弱（よわ）いので、電話（でんわ）ができません。　這裡訊號弱，無法通話。

◆ 天気（てんき）がわるくて、外（そと）でスポーツができません。　天氣不好，無法在戶外運動。

 重 要

「できます」也可用於表示製作、建立完成。

◆ 来月（らいげつ）、駅前（えきまえ）に 新（あたら）しい店（みせ）ができます。

下個月車站前會新開一家店。

◆ ご飯（はん）ができましたよ。

飯做好了喔。

┃実戦問題┃

＿＿ ＿＿ ＿＿ ★ できません。

1 が　　　　**2** ここ　　　　**3** は　　　　**4** 釣（つ）り

64 〜がほしい／ほしくないです

┃意味┃ 想要…

┃接続┃ 名詞＋が＋$\left\{\begin{array}{l}\text{ほしい}\\\text{ほしくない}\end{array}\right\}$＋です

┃説明┃

陳述自己想要得到某種東西或某個人，可以用イ形容詞「ほしい」表達心裡欲望，但是不可用於表達第三者的希望。イ形容詞前方接續助詞「が」，用以表示想獲得到的東西或人。「ほしい」否定形為「ほしくない」，意思為不想要某種東西或某個人。而詢問對方想要什麼時，則搭配疑問詞「なに」使用。

┃例文┃

◆ わたしは時間がほしいです。

　　我想要時間。

◆ わたしはピアノがほしくないです。

　　我不想要鋼琴。

◆ A：山崎さんはいま何がほしいですか。　　山崎小姐現在想要什麼呢？
　　B：車がほしいです。　　我想要車子。

 重要

　　表示他人想要得到某種東西或某個人，使用「〜をほしがっている」。

　◆ 彼は腕時計をほしがっている。　　他想要手錶。

┃実戦問題┃

自分＿＿＿　＿＿＿　★　＿＿＿です。

1 が　　　　　　**2** 自転車　　　　**3** ほしい　　　　**4** の

65 ～たい／たくないです

┃意味┃ …想要…；…不想要…

┃接続┃ 動詞ます+$\left\{\begin{array}{l}たい\\たくない\end{array}\right\}$+です

┃説明┃

敘述說話者想要進行某種行為、動作，或是用於詢問他人意願。「～たいです」與「ほしい」相同，不可用來表達第三者的希望，亦不可用於勸誘對方。受詞若表示某特定對象時，前方接續的助詞「を」一般會用「が」代替，但是其餘助詞皆不可用「が」替換。詢問對方要做什麼動作時，須搭配疑問詞「なに」使用。

動詞ます形		動詞ます形+たいです
聞きます		聞きたいです
読みます	+たいです=	読みたいです
勉強します		勉強したいです

┃例文┃

◆ きれいな海で泳ぎたいです。　想在乾淨的海裡游泳。

◆ A：これから何を（=が）したいですか。　接下來想做什麼呢？

　　B：テニスを（=が）したいです。　我想打網球。

◆ 日本へ行きたいです。　我想去日本。

◆ 勉強したくないです。　我不想讀書。

◆ 汚い言葉を使いたくないです。　我不想說粗話。

┃実戦問題┃

A：すみません。＿＿＿　★　＿＿＿　＿＿＿。

B：はい、Ａランチとビーランチで、2000円になります。

1 を　　　　**2** 払いたい　　　　**3** お金　　　　**4** です

103

66 〜がいい

▎意味▎　我想要…

▎接続▎　名詞＋が＋いい

▎説明▎

日文是一種較曖昧的語言，「いい」這個形容詞可用於肯定「好」的意思，亦可用於否定「不好」的意思。而「〜がいい」是表示肯定，正面積極表達自己的需求與期望。

▎例文▎

◆ 広い家がいいです。　我想要大的房子。

◆ A：夏休み、どこへ旅行しますか。　暑假要去哪邊旅行呢？

　　B：日本がいいです。　我想去日本。

◆ A：今晩何を食べたいですか。　今晚想要吃什麼呢？

　　B：スパゲッティがいいです。　我想吃義大利麵。

 重要

「〜はいい」與「〜がいい」意思相反，表示否定，表達拒絕或覺得不需要的口語用法。

◆ 緑茶はいいです。　我不要綠茶。

▎実戦問題▎

A：何を飲みますか。

B：暑いですから、＿＿＿ ＿＿＿ ★ ＿＿＿です。

1 いい　　　　　　**2** 冷たい　　　　　**3** が　　　　　　　　**4** ジュース

● 模擬試験 ●

次の文の（　　）に入れるのに最もよいものを、1・2・3・4から一つ選びなさい。

1 うさぎは耳（　　）長いです。
　　1 が　　　　　　**2** で　　　　　　**3** の　　　　　　**4** に

2 わたしは子供が2人（　　）。
　　1 あります　　**2** ないです　　**3** います　　**4** ありません

3 池の中（　　）亀がいます。
　　1 で　　　　　　**2** に　　　　　　**3** は　　　　　　**4** を

4 スミスさんは中国語（　　）少しわかります。
　　1 を　　　　　　**2** で　　　　　　**3** が　　　　　　**4** に

5 父はヒール（　　）大好きです。
　　1 で　　　　　　**2** が　　　　　　**3** に　　　　　　**4** を

6 これは家族の写真です。早く家族に（　　）。
　　1 会います　　　　　　　　　　　**2** 会いたいです
　　3 会いません　　　　　　　　　　**4** 会いたくないです

7 石川先生は料理（　　）上手です。
　　1 に　　　　　　**2** を　　　　　　**3** が　　　　　　**4** で

8 毎日忙しいですから、休み（　　）ほしいです。
　　1 が　　　　　　**2** を　　　　　　**3** に　　　　　　**4** は

105

⑨ A：飲み物を買ってきますね。何（　　）いいですか。

　　B：わたしはコーヒー（　　）いいです。お願いします。

1 が／が　　　　　**2** は／が　　　　　**3** で／が　　　　　**4** は／で

⑩ 来年、この近くに新しいデパートが（　　）。

1 できます　　　　**2** 好きです　　　　**3** 下手です　　　　**4** ほしいです

⑪ きれいな花がたくさん（　　）。

1 います　　　　　**2** あります　　　　**3** いません　　　　**4** ありません

⑫ わたしは数学（　　）苦手です。

1 に　　　　　　　**2** を　　　　　　　**3** で　　　　　　　**4** が

⑬ 毎日アルバイトしますから、今晩は（　　）。

1 しました　　　　**2** したいです　　　　**3** します　　　　**4** したくないです

⑭ わたしはスキー（　　）できません。

1 が　　　　　　　**2** に　　　　　　　**3** で　　　　　　　**4** を

⑮ A：すみません、郵便局はどこ（　　）ありますか。

　　B：あそこです。

1 に　　　　　　　**2** が　　　　　　　**3** で　　　　　　　**4** へ

第 7 週

Checklist

☐ 67 〜でした／
　　　 〜ではありませんでした

☐ 68 ナ形容詞過去形

☐ 69 イ形容詞過去形

☐ 70 動詞過去形

☐ 71 動詞て形

☐ 72 〜ています

☐ 73 自動詞／他動詞

☐ 74 〜が〜てあります

☐ 75 〜が〜ています

☐ 76 〜なります

☐ 77 〜します

67 ～でした／～ではありませんでした

┃意味┃ ～でした：…是…（過去式）

～ではありませんでした：…不是…（過去式）

┃接続┃ 名詞＋でした

名詞＋ではありませんでした

┃説明┃

「でした」是「です」的過去式，用於敘述過去的事物、情況或狀態。否定形「～ではありません」或「～じゃありません」的過去式，是直接在後面加上「でした」，變成「～ではありませんでした」或「～じゃありませんでした」。

┃例文┃

◆ 母は 小学校の先生でした。

　我母親以前是國小老師。

◆ 去年は大変な 1 年でした。

　去年是很辛苦的 1 年。

◆ 今回の試験は不合格でした。

　這次考試沒有及格。

◆ A：きのうは雨でしたか。　昨天有下雨嗎？

　B：いいえ、雨ではありませんでした。　不，沒有下雨。

┃実戦問題┃

きのう＿＿ ＿＿ ★ ＿＿でした。

1 が　　　　　　**2** 休み　　　　　**3** 会社　　　　　**4** は

108

68 ナ形容詞過去形

┃接続┃ ナ形＋でした

ナ形＋ではありませんでした

┃説明┃

ナ形容詞的過去式是直接變換語尾「です」的時態，改成「でした」，構詞方式和名詞句一樣。過去否定形時則是直接在否定形「～ではありません」或「～じゃありません」後面加上「でした」，構詞方式仍然是和名詞句一樣。

	非過去	過去
肯定句	静かです。	静かでした。
否定句	静かではありません。	静かではありませんでした。
	静かじゃありません。	静かじゃありませんでした。

┃例文┃

◆ 昔、ここは静かでした。

以前這裡很安靜。

◆ 昔、ここはにぎやかではありませんでした。

以前這裡並不熱鬧。

◆ あの人、3年前は有名じゃありませんでした。

那個人在 3 年前沒什麼名氣。

┃実戦問題┃

昔、妹 ＿＿＿ ★ ＿＿＿ ＿＿＿でした。

1 が **2** は **3** 野菜 **4** きらい

69 イ形容詞過去形

┃接続┃ イ形い＋かったです

イ形い＋くなかったです／イ形い＋くありませんでした

┃説明┃

イ形容詞句的過去式是把語尾的「い」改成「かった」，句尾加上「です」。

イ形容詞句的過去否定有兩種形式，一是將否定時的語尾「～くない」改成「～くなかった」，在句尾加上「です」。二是直接在否定形的丁寧體說法「～くありません」後面加上「でした」。

	非過去	過去
肯定句	いいです。（＝よいです。）	よかったです。
否定句	よくないです。	よくなかったです。
	よくありません。	よくありませんでした。

┃例文┃

◆ きのうは天気（てんき）がよかったです。

　　昨天天氣很好。

◆ ゆうべのテレビはおもしろかったですか。

　　昨晚的電視好看嗎？

◆ Ａ：テストはどうでしたか。　考試怎麼樣呢？

　　Ｂ：すこしやさしかったです。　有點簡單。

◆ 今朝（けさ）の朝（あさ）ご飯（はん）はあまりおいしくなかったです。

　　今早的早餐不太好吃。

◆ きのうは暑くなかったです。

　　昨天不熱。

◆ 高校の時、成績があまりよくありませんでした。

　　高中時的成績不太好。

◆ 今年は雪が少なくありませんでした。

　　今年的雪不少。

重要

イ形容詞「いい」與「よい」為同義字，修飾名詞時大多使用「いい」，但
是否定句或過去式的活用變化會用「よい」來變化。

┃実戦問題┃

おととい＿＿＿　＿＿＿　＿★＿　＿＿＿です。

1 楽しかった　　　　　　　　　　　　**2** は

3 の　　　　　　　　　　　　　　　　**4** 誕生日パーティー

70 動詞過去形

┃接続┃ 動詞ました／動詞ませんでした

┃説明┃

「動詞ます」的過去式是「動詞ました」，用於表示過去發生的動作、事件，或是已完成的動作結果、狀態。兩者的區別可藉由「きのう」、「もう」等時間副詞或是上下文來作判斷。

否定形「動詞ません」的過去式是「動詞ませんでした」，意指過去沒有發生的動作或事件。

	非過去式（現在、未來）	過去式
肯定句	勉強^{べんきょう}します	勉強^{べんきょう}しました
否定句	勉強^{べんきょう}しません	勉強^{べんきょう}しませんでした

┃例文┃

◆ わたしはちょっと疲^{つか}れました。

　　我有一點累了。

◆ A：（もう）第 3 課^{だいさんか}を習^{なら}いましたか。

　　已經學過第 3 課了嗎？

　 B：はい、もう習^{なら}いました。

　　是的，已經學過了。

◆ ゆうべは 3 時間^{さんじかん}しか寝^ねませんでした。

　　昨晚只睡了 3 小時。

◆ A：昼ご飯、もう食べましたか。

　　你（已經）吃過午餐了嗎？

　 B：いいえ、まだです。これから食べます。

　　不，還沒有。現在才要去吃。

◆ A：夏休みはもう始まりましたか。

　　暑假已經開始了嗎？

　 B：いいえ、まだです。

　　不，還沒有。

 重要

副詞「もう」相當於中文的「已經」，與「動詞ました」一起使用時，強調動作或狀態已經完成。其反義字為「まだ」，相當於中文的「還沒有」。

実戦問題

A：この＿＿　★　＿＿　＿＿か。
B：まだです。

1 言葉　　　　　**2** もう　　　　　**3** は　　　　　**4** 習いました

71 動詞て形

┃説明┃

在學習動詞的て形之前，要將動詞先做分類。

針對外國人學習日文的日本語教育將動詞分成Ⅰ、Ⅱ、Ⅲ三類：

第Ⅰ類是動詞ます前面為い段音；第Ⅱ類是動詞ます前面為え段音或動詞ます前只有1個音節(例如：見ます、います)，也有少數動詞ます前面為い段音(例如：起きます、借ります、浴びます…等)；第Ⅲ類是不規則的特殊動詞，有来ます和します，以及動作性名詞＋します的動詞(例如：勉強します、散歩します…等)。

第Ⅰ、Ⅱ、Ⅲ類動詞て形的變化規則如下：

①第Ⅰ類動詞

有四種て形變化，分別為「促音便」、「い音便」、「鼻音便」、「無音便」。

促音便：

～います → ～って	～ちます → ～って	～ります → ～って
買_かいます	立_たちます	取_とります
↓	↓	↓
買_かって	立_たって	取_とって

い音便：

～きます → ～いて	～ぎます → ～いで	例外
書_かきます	急_{いそ}ぎます	行_いきます
↓	↓	↓
書_かいて	急_{いそ}いで	行_いって

鼻音便：

〜みます → 〜んで	〜びます → 〜んで	〜にます → 〜んで
読_よみます	遊_{あそ}びます	死_しにます
↓	↓	↓
読_よんで	遊_{あそ}んで	死_しんで

無音便：

〜します → 〜して	
話_{はな}します	貸_かします
↓	↓
話_{はな}して	貸_かして

②第Ⅱ類動詞

て形變化為「無音便」。

〜ます → 〜て		
食_たべます	見_みます	起_おきます
↓	↓	↓
食_たべて	見_みて	起_おきて

③第Ⅲ類動詞

て形變化為「無音便」。

～ます→～て		
来<ruby>来<rt>き</rt></ruby>ます	します	<ruby>勉強<rt>べんきょう</rt></ruby>します
↓	↓	↓
<ruby>来<rt>き</rt></ruby>て	して	<ruby>勉強<rt>べんきょう</rt></ruby>して

▌実戦問題▐

1 よびます→＿＿＿＿＿＿　　2 いいます→＿＿＿＿＿＿

3 あげます→＿＿＿＿＿＿　　4 おります→＿＿＿＿＿＿

72 ～ています

┃意味┃ 正在做…；在（表示狀態、常態）

┃接続┃ 動詞て形＋います

┃説明┃

①表示動作正在進行的現在進行式，但是這一類的動作結束後狀態不會繼續存在。
　如果是「名詞性動詞」的「～ています」形態，可以用「～ちゅう」來代換。

②表示瞬間性動作進行後的結果持續存在。否定形為「動詞て形＋いません」。但
　是，「知ります」否定形比較特殊，為「知りません」。

③表示動作長期反覆進行，成為一種常態，例如：職業、工作性質等。

┃例文┃

①
◆ 林さんは今テレビを見ています。　　林小姐現在正在看電視。
◆ Ａ：妹さんは今何をしていますか。　　令妹正在做什麼呢？
　　Ｂ：電話をしています。（＝中です。）　　正在講電話。

②
◆ わたしは沖縄に住んでいます。　　我住在沖繩。
◆ Ａ：フランス語の辞書を持っていますか。　　你有法文字典嗎？
　　Ｂ：いいえ、持っていません。　　不，我沒有。

③
◆ 鈴木さんはデパートで働いています。　　鈴木先生在百貨公司工作。
◆ スーパーで牛乳を売っています。　　在超級市場有賣牛奶。

┃実戦問題┃

　Ａ：山田さんの住所＿★＿ ＿＿＿ ＿＿＿ ＿＿＿か。
　Ｂ：住所は知りませんが、電話番号は知っています。

1 は　　　　　　　　**2** 電話番号　　　　**3** と　　　　　　　**4** 知っています

117

73 自動詞／他動詞

┃意味┃　自動詞與他動詞

┃接続┃　①名詞＋が＋自動詞

　　　　②名詞＋を＋他動詞

┃説明┃

①自動詞：自然發生的動作，或是某動作自然產生某種變化。自動詞與主語結合就可構成句子，並無受詞存在。

②他動詞：為了達到某目的，而採取某行動或是進行某動作。他動詞前方一般會接續助詞「を」，並結合主語和受詞構成句子。

┃例文┃

①
- ◆ 車が止まります。　車子停下來。
- ◆ おかしいですね。電気が消えました。　真奇怪！燈熄了。
- ◆ 大学に入ります。　上大學。

②
- ◆ 車を止めます。　停車。
- ◆ 部屋の電気を消しました。　關掉房間的燈。
- ◆ 冷蔵庫の中にビールを入れます。　把啤酒放進冰箱。

┃実戦問題┃

わたし＿＿＿ ＿＿＿ ★ ＿＿＿。どうしたらいいですか。

1 が　　　　　**2** 動きません　　　**3** の　　　　　**4** パソコン

74 ～が～てあります

┃意味┃ …著…

┃接続┃ 名詞＋が＋他動詞て形＋あります

┃説明┃

說明某人為了某種目的或理由而造成了目前的狀態，用於表示「他動詞」的動作完成後，該動作的對象所處的狀態。由於動作的對象已成為主語，所以助詞「を」要改為「が」。

動作階段	例句
即將進行	わたしはドアを開けます。　我要開門。
持續進行	わたしはドアを開けています。　我正在開門。 （單純敘述眼前剎那間所看到的狀態）
完成	わたしはドアを開けました。　我把門打開了。
完成後的狀態	ドアが開けてあります。　門開著。

┃例文┃

◆ 黒板に字が書いてあります。

　黑板上寫著字。

◆ テレビの上に家族の写真が置いてあります。

　電視機上放著家人的照片。

◆ ドアの上に春聯が貼ってあります。

　門上貼了春聯。

┃実戦問題┃

テーブルの上にいろいろな＿＿＿ ★ ＿＿＿ ＿＿＿。

1 あります　　　**2** 料理　　　**3** 置いて　　　**4** が

75 ～が～ています

┃意味┃ …著…

┃接続┃ 名詞＋が＋自動詞て形＋います

┃説明┃

視動詞的性質，說明某些不確定的人、物或自然的力量造成了目前看到的狀態，或是表示動作發生的結果一直持續存在的狀態。

┃例文┃

◆ お腹が空いています。

　　我現在肚子很餓。

◆ 強い風が吹いています。

　　颳著強風。

◆ うちの前にタクシーが止まっています。

　　家門口停著一臺計程車。

 重要

「自動詞ている」、「他動詞てある」雖然意思有重疊的部分，但是說話者的焦點不同，「自動詞ている」著重在動作的狀態，而「他動詞てある」則著重於導致狀態的行為或行為者。

┃実戦問題┃

すてきな庭ですね。きれいな花＿★＿ ＿＿ ＿＿ ＿＿。

1 咲いて　　　　**2** います　　　　**3** たくさん　　　　**4** が

76 ～なります

┃意味┃ 變成…；成為…；達到…

┃接続┃
イ形＋く
ナ形＋に ｝＋なります
名詞＋に

┃説明┃

「なります」為自動詞，用來表示某種狀態的自然變化，用於修飾的形容詞必須作副詞用法。前方接續名詞時，中文經常無法直譯，須視句意而定。

┃例文┃

◆ 問題はこれからだんだん 難 しくなります。

　問題接下來會漸漸變難。

◆ 牛 乳 は 常 温ですぐ 悪 くなります。

　牛奶常溫下很快就會壞掉。

◆ 家 はにぎやかになります。

　家裡會變熱鬧。

◆ 時 間が 無 駄になります。

　會浪費時間。

◆ もうすぐ 冬 になります。

　不久就入冬了。

┃実戦問題┃

外国人はよく＿＿＿ ★ ＿＿＿ ＿＿＿なります。

1 に 　　　　 **2** 迷子 　　　　 **3** 東 京 駅 　　　　 **4** で

77 ～します

┃意味┃ 將…變…；決定；選擇

┃接続┃

$$名詞＋を＋\begin{cases}ナ形＋に\\イ形＋く\\名詞＋に\end{cases}＋します$$

┃説明┃

「します」為他動詞，用於表示藉由人為力量將某個對象變成某種狀態，被變化的對象後方接續助詞「を」。

┃例文┃

◆ 部屋を明るくします。

　　將房間變明亮。

◆ テレビの音を小さくしてください。

　　請將電視的音量調小聲。

◆ 台所をきれいにしたいです。

　　我想將廚房打掃乾淨。

◆ 髪の色を茶色にします。

　　我決定將頭髮染成咖啡色。

◆ サイズはLにしますか、Mにしますか。

　　尺寸是要L還是M呢？

┃実戦問題┃

A：何にしますか。わたし____ ____ ★ ____。

B：わたしも。じゃ、カツ丼を2つ頼みましょう。

1 に 　　　　　**2** します 　　　　　**3** カツ丼 　　　　　**4** は

●───────────────────────── 模擬試験 ●─────────────────────────

次の文の（　　）に入れるのに最もよいものを、1・2・3・4から一つ選びなさい。

① ゆうべは大雨（　　）。

  1 です　　　　　　**2** でした　　　　　　**3** します　　　　　　**4** ではありません

② 小学校の時、成績はあまり（　　）。

  1 いいです　　　**2** よいでした　　　**3** よくないです　　　**4** よくなかったです

③ 先週は（　　）。
  1 暇でした　　　　　　　　　　　　**2** 暇じゃありません
  3 暇です　　　　　　　　　　　　　**4** 暇くなかったです

④ 宿題はもう（　　）。
  1 出しません　　　　　　　　　　　**2** 出しませんでした
  3 出します　　　　　　　　　　　　**4** 出しました

⑤ 雪（　　）降っています。

  1 に　　　　　　　**2** が　　　　　　　**3** を　　　　　　　**4** で

⑥ 母は小学校で音楽を教えて（　　）。

  1 います　　　**2** おきます　　　**3** あります　　　**4** しまいます

⑦ 田中さんは今そとでたばこを（　　）います。
  1 吸いて　　　**2** 吸って　　　**3** 吸うて　　　**4** 吸いで

⑧ 壁に絵（　　）掛けてあります。

  1 を　　　　　　　**2** で　　　　　　　**3** が　　　　　　　**4** や

9 コーヒーにミルク（　　　）。

1 が　入れます
2 が　入ります
3 を　入れます
4 を　入ります

10 空に月（　　　）。

1 を　出てあります
2 を　出しています
3 が　出してあります
4 が　出ています

11 ３時間かかって、部屋を（　　　）。

1 きれく　しました
2 きれいに　しました
3 きれく　なりました
4 きれいに　なりました

12 わたしは台北に（　　　）います。

1 住んて
2 住みて
3 住んで
4 住みで

13 もうすぐ秋です。これからだんだん（　　　）。

1 涼しい　なります
2 涼しく　なります
3 涼しく　します
4 涼しいに　します

14 今朝何も（　　　）。

1 食べました
2 食べません
3 食べます
4 食べませんでした

15 Ａ：旅行はどうでしたか。

　 Ｂ：とても（　　　）よ。

1 楽しいです
2 楽しくないです
3 楽しかったです
4 楽しくなかったです

Checklist

- [ ] 78 〜に〜をあげます
- [ ] 79 〜に／から〜をもらいます
- [ ] 80 〜に〜をくれます
- [ ] 81 〜ていきます／〜てきます
- [ ] 82 〜をください
- [ ] 83 〜をお願いします
- [ ] 84 動詞ない形
- [ ] 85 〜てください／〜ないでください
- [ ] 86 〜ましょう
- [ ] 87 〜ましょうか
- [ ] 88 〜ませんか

78 ～に～をあげます

┃意味┃ …給…

┃接続┃ 名詞₁＋は＋名詞₂＋に＋名詞₃＋を＋あげます

┃説明┃

在日文表示給與或接受物品的動詞稱為授受動詞。例如：「授」受動詞「あげます」意思是「給與」，「は」前方接續「名詞₁」表示授與者；「名詞₂」表示接受者，不能是第一人稱，用助詞「に」表示；受詞「を」前方接續「名詞₃」表示給與的物品。

授與者		接受者	
わたし あなた 第三人稱	は	あなた 第三人稱	に物をあげます。

┃例文┃

◆ 午後、おばあさんは子供たちにおやつをあげます。

　下午奶奶要給小孩們零食。

◆ 母の誕生日にわたしは黄色い花をあげました。

　媽媽生日時我給了她黄色的花。

◆ 妹は姉に雑誌を1冊あげました。

　妹妹給了姉姉1本雜誌。

┃実戦問題┃

みかんは10個あります。5人の＿＿＿ ★ ＿＿＿ ＿＿＿あげます。

1 2つ　　　　**2** 子供　　　　**3** に　　　　**4** ずつ

79 ～に／から～をもらいます

┃意味┃ …收到…

┃接続┃ 名詞₁＋は＋名詞₂＋に／から＋名詞₃＋を＋もらいます

┃説明┃

授「受」動詞「もらいます」，意思是「得到」，表示從他人那裡得到東西。得到的東西，可能是對方主動給與，也可能是請託後才得到。「は」前方接續「名詞₁」表示接受者；「名詞₂」表示授與者，不能是第一人稱，用助詞「に」或「から」表示；「名詞₃」表示收到的物品，用助詞「を」表示。

接受者		授與者		
わたし あなた 第三人稱	は	第三人稱	に から	物をもらいます。

┃例文┃

◆ わたしは友達にチョコレートをもらいました。

　我從朋友那裡收到了巧克力。

◆ その猫は、誕生日に父からもらいました。

　那隻貓是生日時爸爸給我的。

◆ 中村さんに名刺をもらいました。

　從中村小姐那邊收到了名片。

🎯 重要

除了授受動詞之外，語言上經常可以從不同角度表達同件事情。例如：「お
しえます（教）」、「ならいます（學）」、「かします（借出）」、「か
ります（借入）」等詞彙就是分別從授與者與接受者的視角表達。

◆ わたしは 弟<ruby>弟<rt>おとうと</rt></ruby> に本<ruby>本<rt>ほん</rt></ruby>をかします。

　我借書給弟弟。

◆ 弟<ruby>弟<rt>おとうと</rt></ruby> はわたしに本<ruby>本<rt>ほん</rt></ruby>をかります。

　弟弟來跟我借書。

┃実戦問題┃

きのう、＿＿＿ ＿＿＿ ＿＿＿ ＿★＿もらいました。

1 を　　　　　　**2** サイン　　　　　**3** に　　　　　　**4** 先生<ruby>先生<rt>せんせい</rt></ruby>

80 ～に～をくれます

┃意味┃ …給（我）…；…給（我方）…

┃接続┃ 名詞₁＋は＋名詞₂＋に＋名詞₃＋を＋くれます

┃説明┃

「くれます」是特殊的授受動詞，和「授」受動詞「あげます」同樣都含有「給與」的意思，通常是對方主動給與我（方）。

「名詞₁」表示授與者，為平輩或晚輩；「名詞₂」表示接受者，只能是說話者本人（第一人稱），或是說話者認定與其有關的人，像是家人等自己人。

一般日常會話中時常省略第一人稱「わたし」的接受者，但不影響句子語意。

「名詞₃」表示收到的物品。

授與者		接受者	
あなた 第三人稱	は	（わたし） 家族など	に物をくれます。

┃例文┃

◆ 林さんはわたしに花をくれました。

　林先生送我花。

◆ 張さんは妹に絵本をくれました。

　張小姐送我妹妹繪本。

◆ 姉はわたしにおにぎりをくれました。

　姉姉給了我飯糰。

┃実戦問題┃

呉さん＿★＿ ＿＿＿ ＿＿＿ ＿＿＿くれました。とてもおいしかったです。

1 果物　　　　**2** は　　　　**3** を　　　　**4** 甘い

81 ～ていきます／～てきます

┃意味┃ ～ていきます：…去

～てきます：…來

┃接続┃ ①動詞て形＋いきます

②動詞て形＋きます

┃説明┃

動詞て形後接的「行きます」、「来ます」在此文型中多以平假名表示。

①表示某人或某物在空間中開始遠離說話者。

②表示某人或某物在空間中朝說話者靠近，另外，此文型也能用於表示「做完動作之後會再回來」。

┃例文┃

①

◆ 彼は毎朝学校まで走っていきます。　他每天早上跑步去學校。

◆ 今日は天気が悪いですから、傘を持っていきます。

今天天氣不好，所以帶傘出門。

◆ あしたのパーティーですが、わたしはビールを持っていきます。

明天有派對，我會帶啤酒去。

②

◆ 行ってきます。　我出門囉！

◆ 向こうから犬が走ってきます。　迎面跑來一隻狗。

◆ 外は雨ですよ。傘を持ってきましたか。　外面在下雨喔，你有帶傘來嗎？

┃実戦問題┃

ちょっと＿＿＿ ★ ＿＿＿ ＿＿＿。

1 きます　　　　　**2** に　　　　　　**3** 行って　　　　　**4** トイレ

82 〜をください

┃意味┃ 請給我⋯

┃接続┃ 名詞＋を＋ください

┃説明┃

「〜をください」是表示想要什麼東西的表達方式，經常用於在餐廳點餐或在商店購物時。

┃例文┃

◆ あれと同^{おな}じものをください。

請給我和那個一樣的東西。

◆ 100 円^{ひゃく えん}の切手^{きって}を 2 枚^{にまい}ください。

請給我 2 張 100 日圓的郵票。

◆ りんごとみかんを 1 つずつ^{ひと}ください。

不好意思，請給我蘋果和橘子各 1 個。

◆ すみませんが、水^{みず}をもう 1 杯^{いっぱい}ください。

不好意思，請再給我 1 杯水。

重要

「の」可作為代名詞，代替之前提過或是雙方共同認知的名詞，以避免重複。

◆ 大^{おお}きいのをください。　請給我大的。

┃実戦問題┃

すみません、冷たい^{つめ}＿＿＿ ＿＿＿ ★ ＿＿＿。

1 ください　　**2** 1 本^{いっ ぽん}　　**3** を　　**4** ビール

83 〜をお願いします

┃**意味**┃ 麻煩您…

┃**接続**┃ 名詞＋を＋お願いします

┃**説明**┃

「〜をお願いします」是表示請求、拜託他人的表達方式。和「〜をください」一樣也可以用於點餐或購物時，但「〜をお願いします」語氣較委婉、有禮貌。

┃**例文**┃

◆ その資料をお願いします。

　麻煩您給我那份資料。

◆ すみません、そのフォークをお願いします。

　不好意思，麻煩您幫我拿一下那個叉子。

◆ 注文をお願いします。

　麻煩您我要點餐。

◆ すみませんが、アイスクリームを2つお願いします。

　不好意思，麻煩您給我2個冰淇淋。

┃**実戦問題**┃

すみません、＿＿＿ ＿＿＿ ＿＿＿ ★ 。

1 小皿　　　　　**2** 3つ　　　　　**3** を　　　　　**4** お願いします

84 動詞ない形

説明

①第Ⅰ類動詞

～〔イ段音〕ます → ～〔ア段音〕ない			
会_あいます	書_かきます	読_よみます	話_{はな}します
↓	↓	↓	↓
会_あわない	書_かかない	読_よまない	話_{はな}さない

②第Ⅱ類動詞

～ます → ～ない		
食_たべます	見_みます	起_おきます
↓	↓	↓
食_たべない	見_みない	起_おきない

③第Ⅲ類動詞

不規則變化		
来_きます	します	勉強_{べんきょう}します
↓	↓	↓
来_こない	しない	勉強_{べんきょう}しない

重要

第Ⅰ類動詞當中的動詞ます前面為「い」時 (例如：会います、吸います、買います…)，要改為「わ」而不是「あ」。另外，「あります」的ない形為「ない」，不是「あらない」。

実戦問題

1 言います→＿＿＿＿＿＿＿

2 来ます→＿＿＿＿＿＿＿

3 聞きます→＿＿＿＿＿＿＿

4 あげます→＿＿＿＿＿＿＿

85 〜てください／〜ないでください

┃意味┃ 〜てください：請…

　　　　〜ないでください：請不要…

┃接続┃ 動詞て形

　　　　動詞ない形＋で ｝＋ください

┃説明┃

「〜てください」表達請求或是自己的好意，而指示對方動作。「〜ないでください」則是表達請求對方不要去做。口語會話中，可以省略「動詞て形」後方的「ください」，但是要避免對長輩或不熟識的人使用。女性或孩童在口頭表達上，也經常以「〜てちょうだい」代替「〜てください」。

┃例文┃

◆ ちょっと待ってください。

　　請等一下。

◆ お願い、先生に言わないでください。

　　拜託，請不要跟老師說。

◆ もっと食べて。

　　再多吃一點。

◆ パスポートをなくさないで。

　　請不要弄丟護照。

◆ 教えてちょうだい。

　　請教我。

◎ **重 要**

「～てくださいませんか／～ないでくださいませんか」在表示請求、拜託別人上，語氣較委婉、有禮貌。

◆ A：その辞書を貸してくださいませんか。

　　那本字典可不可以借給我？

　　B：はい、どうぞ。

　　好啊，請拿去。

▌**実戦問題**▌

20日に学校で生徒たちのコンサートを行います。みなさん、＿＿　★
＿＿　＿＿。

1 来て　　　　　**2** ぜひ　　　　　**3** 聞きに　　　　　**4** ください

86 ～ましょう

┃意味┃ …吧

┃接続┃ 動詞ます＋ましょう

┃説明┃

「～ましょう」能向說話者直接表達自己的意志，可以用在認定對方有意願時提出邀約，或是用於接受對方邀請時的積極回應。

┃例文┃

◆ 早^{はや}く帰^{かえ}りましょう。

　　我們快點回家吧！

◆ じゃ、またあした、学校^{がっこう}で会^あいましょう。

　　那就明天學校見吧！

◆ 今日^{きょう}はこれで終^おわりにしましょう。

　　今天就到這裡結束吧！

◆ ビールを飲^のみましょう。

　　我們來喝啤酒吧！

◆ 暗^{くら}いですね。電気^{でんき}をつけましょう。

　　好暗喔，開個燈吧！

◆ A：週末^{しゅうまつ}に一緒^{いっしょ}に歌^{うた}いましょうか。　週末一起去唱歌吧，好嗎？

　　B：いいですね。歌^{うた}いましょう。　好啊，去唱歌吧！

┃実戦問題┃

今夜^{こんや}は豚肉^{ぶたにく}＿＿＿ ＿＿＿ ＿＿＿ ★ 。

1 すき焼^やき　　　　**2** を　　　　　　**3** の　　　　　　**4** 作^{つく}りましょう

137

87 ～ましょうか

┃意味┃ ①我們來…吧，好嗎？

②我來…吧，好嗎？

┃接続┃ 動詞ます＋ましょうか

┃説明┃

①表示積極邀請對方共同行動。

②說話者視聽話者的狀況與需求，主動為對方做某事時的表達方式。

┃例文┃

①

◆帰りましょうか。　我們回家吧，好嗎？

◆イタリア料理を食べましょうか。　我們吃義大利料理吧，好嗎？

◆A：映画を見ましょうか。　一起去看電影吧，好嗎？

　B：うん、見ましょう。　嗯，看電影吧！

②

◆荷物が多いですね。すこし持ちましょうか。

　你的行李好多喔，讓我來幫你拿一點吧。

◆A：窓を閉めましょうか。　我來關窗吧。

　B：ええ、お願いします。　好的，那就拜託了。

◆A：もう一度説明しましょうか。　我再說明一次吧。

　B：いいえ、けっこうです。　不，不用了。

┃実戦問題┃

A：わたし＿＿＿ ＿＿＿ ★ ＿＿＿。

B：ええ、お願いします。

1 が　　　　　　**2** 掃除　　　　　　**3** を　　　　　　**4** 手伝いましょうか

88 〜ませんか

║意味║ 要不要（一起）…呢？

║接続║ （一緒に）＋動詞ません＋か

║説明║

勸誘、邀請的說法，用於詢問對方參與的意願，並未含否定的意思。回答肯定意願時，可用「〜ましょう」積極回應。要拒絕對方邀約，除了清楚說明無法配合的理由之外，也可以只以「ちょっと」婉拒。

║例文║

◆ 今日は一緒に帰りませんか。

今天要不要一起回家呢？

◆ 散歩でもしませんか。

要不要去散步呢？

◆ うちはこの近くです。遊びに来ませんか。

我家就在這附近，要不要過來玩呢？

◆ A：（一緒に）映画を見に行きませんか。

要不要（一起）去看電影呢？

 B：いいですね。行きましょう。

好啊，走吧！

◆ A：日曜日、みんなで山に登ります。（一緒に）行きませんか。

星期日大家要去爬山，你要不要一起去呢？

 B：すみませんが、日曜日はちょっと…。

抱歉，星期日有點不方便……。

🎯 **重要**

相較於「～ましょうか」，否定疑問的形式「～ませんか（要不要…？）」
不提說話者自己的想法，只詢問對方的參與意願，是比較禮貌的邀約方式，
當不確定對方是否會答應時，建議使用此文型。

▌**実戦問題** ▌

Ａ：あした、一緒にご飯＿＿＿ ＿＿＿ ＿＿＿ ★ ませんか。

Ｂ：すみません。あしたは予定がありますから。

1 行き   **2** を   **3** 食べ   **4** に

―――――――――● 模擬試験 ●―――――――――

次の文の（　　）に入れるのに最もよいものを、1・2・3・4から一つ選びなさい。

1 わたしは李さん（　　）日本のお土産をあげました。
　　1 が　　　　　　　　**2** の　　　　　　　　**3** に　　　　　　　　**4** から

2 鈴木さんはわたしに日本語の辞書を（　　）。
　　1 あげました　　　**2** くれました　　　**3** もらいました　　　**4** やりました

3 これからも日本語を勉強して（　　）。
　　1 きます　　　　　**2** おきます　　　　**3** あります　　　　**4** いきます

4 すみません、ハンバーガー（　　）1つください。
　　1 に　　　　　　　　**2** で　　　　　　　　**3** を　　　　　　　　**4** が

5 危ないですから、ここに（　　）ください。
　　1 入らないで　　　**2** 入らないて　　　**3** 入れて　　　　　**4** 入れないで

6 あした6時に（　　）ください。
　　1 起いて　　　　　**2** 起きて　　　　　**3** 起かないで　　　**4** 起きないて

7 一緒にお茶を（　　）。
　　1 飲みません　　　**2** 飲みます　　　　**3** 飲んで　　　　　**4** 飲みませんか

8 川崎：新しいパソコンですね。
　　小田：誕生日に父（　　）パソコンをもらいました。
　　1 が　　　　　　　　**2** は　　　　　　　　**3** に　　　　　　　　**4** へ

9 陳：英語で説明（　　）。
　　スミス：ええ、お願いします。
　　1 しないで　　　　**2** して　　　　　　**3** しましょうか　　**4** しませんか

10 ここは禁煙ですから、たばこを（　　）ください。
　　1 吸って　　　　　　**2** 吸わないで　　　**3** 吸あないで　　　**4** 吸わないて

11 それじゃ、あした 10 時に駅で（　　）。
　　1 会いませんか　　**2** 会います　　　　**3** 会いません　　　**4** 会いましょう

12 すみません、お会計（　　）お願いします。
　　1 で　　　　　　　　**2** を　　　　　　　**3** に　　　　　　　**4** が

13 あっ、雨が降って（　　）。
　　1 きました　　　　　**2** ありました　　　**3** おきました　　　**4** いきました

14 わたしは友達からノートを（　　）。
　　1 貸しました　　　　**2** あげました　　　**3** 借りました　　　**4** くれました

15 A：今度の週末、一緒に遊びに行きませんか。
　　B：ええ、（　　）。
　　1 行きましょうか　　**2** 行きます　　　　**3** 行きません　　　**4** 行きましょう

第 9 週

Checklist

- [ ] 89 敬体／常体
- [ ] 90 名詞常体
- [ ] 91 ナ形容詞常体
- [ ] 92 イ形容詞常体
- [ ] 93 動詞辞書形
- [ ] 94 動詞た形
- [ ] 95 動詞常体
- [ ] 96 〜（か）?
- [ ] 97 〜でしょう
- [ ] 98 〜でしょうか
- [ ] 99 〜と（引用）

89 敬体／常体

▌説明▌

日本的社會很重視「親疎関係」和「上下関係」，這兩種關係除了在稱謂上表現出敬稱與謙稱之外，在文體上也表現出「敬體」和「常體」。

① 「敬體」又可稱「禮貌體」，是一般初學者先會學到的文體，無論在任何場合、時間，對任何人都可以使用。尤其面對上司、長輩、第一次見面的人或不太熟悉的同輩等，要使用敬體。在一般書信也會使用敬體。以「です」結尾的名詞句、イ形容詞句、ナ形容詞句，以及以「ます」結尾的動詞句，都稱為敬體。

② 「常體」又可稱「普通體」。句尾不以「です」、「ます」做結尾。對熟悉的朋友、同事、家人會用常體，報章雜誌、論文通常也使用常體。

▌例文▌

①

◆ Ａ：すみません、トイレはどこですか。　　不好意思，請問廁所在哪裡？

　　Ｂ：あちらにあります。　　就在那邊。

②

◆ Ａ：駅^{えき}は遠^{とお}い？　　車站離這裡很遠嗎？

　　Ｂ：いいえ、ホテルからすぐだ。　　不會，從飯店出來馬上就是。

▌実戦問題▌

Ａ：ホテルは遠^{とお}いですか。

Ｂ：バスに乗^のって＿＿＿　＿＿＿　＿＿＿　★　。

1 10分^{じゅっぷん}　　　　**2** かかります　　　**3** ぐらい　　　　**4** だいたい

90 名詞常体

┃接続┃

名詞+ {
だ
だった
ではない／じゃない
ではなかった／じゃなかった
}

┃説明┃

名詞句的敬體改為常體的方式如下：

	敬体	常体
非過去肯定	雨<ruby>雨<rt>あめ</rt></ruby>です。	雨<ruby>雨<rt>あめ</rt></ruby>だ。
過去肯定	雨<ruby>雨<rt>あめ</rt></ruby>でした。	雨<ruby>雨<rt>あめ</rt></ruby>だった。
非過去否定	雨<ruby>雨<rt>あめ</rt></ruby>ではありません。	雨<ruby>雨<rt>あめ</rt></ruby>ではない。
過去否定	雨<ruby>雨<rt>あめ</rt></ruby>ではありませんでした。	雨<ruby>雨<rt>あめ</rt></ruby>ではなかった。

┃例文┃

◆ 今年は大変な１年だ。

今年是很辛苦的１年。

◆ 今回の試験は不合格だ。

這次考試不及格。

◆ 朝ご飯は卵だけだった。

早餐只吃了一顆蛋。

◆ あ、そうだ！きのうは彼女の誕生日だった。

啊，對了！昨天是她的生日。

◆ 彼は中国人ではない。

他不是中國人。

◆ デートは今日の8時じゃない。あしたの8時だ。

約會不是今天8點，是明天8點。

◆ 今朝は晴れではなかった。

今天早上不是晴天。

◆ 先週の土曜日は学校が休みじゃなかった。

上週六學校沒放假。

実戦問題

母さん、あの背が低い人は＿＿＿ ＿＿＿ ＿＿＿ ★ 。クラスメートじゃない。

1 わたし   **2** だ   **3** の   **4** 先生

91 ナ形容詞常体

┃接続┃

ナ形＋
- だ
- だった
- ではない／じゃない
- ではなかった／じゃなかった

┃説明┃

ナ形容詞句的敬體改為常體的方式與名詞句一樣：

	敬体	常体
非過去肯定	好きです。	好きだ。
過去肯定	好きでした。	好きだった。
非過去否定	好きではありません。	好きではない。
過去否定	好きではありませんでした。	好きではなかった。

┃例文┃

◆ わたしは野菜が嫌いだ。

　我不喜歡蔬菜。

◆ 今日の服はきれいだ。

　今天的服裝很漂亮呢。

◆ きのうのテストはけっこう簡単だった。

　昨天的考試還蠻簡單的。

◆ この町は交通がとても不便だった。

　這個城鎮的交通以前非常不方便。

◆ あの絵は有名じゃない。

　　那幅畫沒有名氣。

◆ 台湾ではサッカーが盛んではない。

　　臺灣不太盛行足球。

◆ 祖父は体が丈夫ではなかった。

　　祖父以前身體不太硬朗。

◆ わたしは納豆が好きじゃなかった。

　　我以前不喜歡納豆。

┃実戦問題┃

わたしは英語が好きだが、数学＿＿＿　＿＿＿　＿＿＿　＿★＿。

1 じゃない　　　　**2** は　　　　　　**3** 好き　　　　　　**4** あまり

92 イ形容詞常体

▌接続 ▌

$$イ形\cancel{い}+\begin{cases} い \\ かった \\ くない \\ くなかった \end{cases}$$

▌説明 ▌

イ形容詞句的敬體改為常體時，無論是非過去或過去、肯定或否定，直接刪除句尾「です」即可。

	敬体	常体
非過去肯定	高(たか)いです。	高(たか)い。
過去肯定	高(たか)かったです。	高(たか)かった。
非過去否定	高(たか)くないです。	高(たか)くない。
過去否定	高(たか)くなかったです。	高(たか)くなかった。

▌例文 ▌

◆ 今日(きょう)は 暖(あたた)かいね。　今天很暖和吧。
◆ 先月(せんげつ)の花火(はなび)大会(たいかい)は楽(たの)しかった。　上個月的煙火大會真開心。
◆ この絵本(えほん)はおもしろくない。　這本繪本不有趣。
◆ 今年(ことし)は雪(ゆき)が少(すく)なくなかった。　今年的雪不少。

▌実戦問題 ▌

子供(こども)の頃(ころ)＿＿ ＿＿ ★ ＿＿。でも、今(いま)は大丈夫(だいじょうぶ)だ。

1 弱(よわ)かった　　　**2** が　　　**3** 体(からだ)　　　**4** は

93 動詞辞書形

▌説明▌

動詞「辞書形」就是動詞基本形，因為是字典中所標示的形態，所以又稱為「字典形」，語尾一定為「ウ段音」。

①第Ⅰ類動詞

～〔イ段音〕ます→～〔ウ段音〕			
会います	書きます	読みます	話します
↓	↓	↓	↓
会う	書く	読む	話す

②第Ⅱ類動詞

～ます→～る		
食べます	見ます	起きます
↓	↓	↓
食べる	見る	起きる

③第Ⅲ類動詞

不規則變化		
来ます	します	勉強します
↓	↓	↓
来る	する	勉強する

▌実戦問題▌

　　1 もちます→＿＿＿＿＿　　　**2** のみます→＿＿＿＿＿

　　3 きます　→＿＿＿＿＿　　　**4** いきます→＿＿＿＿＿

94 動詞た形

| 説明 |

①第 I 類動詞

日文た形的變化規則和て形一樣，一共有四種變化，分別為「促音便」、「い音便」、「鼻音便」、「無音便」。

促音便：

〜います → 〜った	〜ちます → 〜った	〜ります → 〜った
買_かいます	立_たちます	取_とります
↓	↓	↓
買_かった	立_たった	取_とった

い音便：

〜きます → 〜いた	〜ぎます → 〜いだ	例外
書_かきます	急_{いそ}ぎます	行_いきます
↓	↓	↓
書_かいた	急_{いそ}いだ	行_いった

鼻音便：

〜みます → 〜んだ	〜びます → 〜んだ	〜にます → 〜んだ
読_よみます	遊_{あそ}びます	死_しにます
↓	↓	↓
読_よんだ	遊_{あそ}んだ	死_しんだ

無音便：

～します → ～した	
話_{はな}します ↓ 話_{はな}した	貸_かします ↓ 貸_かした

②第Ⅱ類動詞

た形變化為「無音便」。

～ます → ～た		
食_たべます ↓ 食_たべた	見_みます ↓ 見_みた	起_おきます ↓ 起_おきた

③第Ⅲ類動詞

た形變化為「無音便」。

～ます → ～た		
来_きます ↓ 来_きた	します ↓ した	勉強_{べんきょう}します ↓ 勉強_{べんきょう}した

┃実戦問題┃

1 よみます→_____ **2** いそぎます→_____

3 あいます→_____ **4** すいます →_____

95 動詞常体

説明

動詞的敬體改為常體：

	敬体	常体
非過去肯定	買います	買う
過去肯定	買いました	買った
非過去否定	買いません	買わない
過去否定	買いませんでした	買わなかった

例文

◆ 1歳の息子はスプーンでご飯を食べる。　1歲的兒子用湯匙吃飯。

◆ 生徒はみんな帰った。　學生都回家了。

◆ 彼女は希望の大学に入った。　她考進理想的大學。

◆ 教室には誰もいない。　教室裡一個人也沒有。

◆ この漢字の読み方がわからない。　我不知道這個漢字的唸法。

◆ きのう学校へ行かなかった。　昨天沒有去學校。

◆ トイレにトイレットペーパーがなかった。　廁所裡沒有衛生紙了。

実戦問題

お腹が＿＿＿　★　＿＿＿　＿＿＿。

1 食べなかった　　**2** 痛くて　　　　　**3** も　　　　　　　**4** 何

96 ～（か）？

┃**意味**┃ …嗎？

┃**接続**┃ 名詞普通形

ナ形容詞普通形

イ形容詞普通形 ┣ ＋（か）

動詞普通形

┃**説明**┃

疑問句中的疑問助詞「か」，在普通體時常會被省略掉。會話中會將語調提高來代表疑問之意，而書寫成文字時會在句尾用「？」表示。名詞、ナ形容詞、疑問詞常體疑問句中，常體的非過去肯定語尾「だ」也會一併省略。

┃**例文**┃

◆ あした、暇^{ひま}？

　　明天有空嗎？

◆ あの人^{ひと}、きれい？

　　那個人漂亮嗎？

◆ 仕事^{しごと}はどう？

　　工作順利嗎？

◆ コーヒー、飲^のむ？

　　要喝咖啡嗎？

 重要

回答名詞與ナ形容詞的疑問句時，肯定普通體的句尾「だ」因為語氣很強，通常會被省略或者加上終助詞來緩和語氣，女性通常不使用。

◆ A：あした休み？　明天有放假嗎？（♀／♂）
　　B：うん、休み。　嗯，有放假。（♀／♂）
　　　　うん、休みだよ。　嗯，有放假喔！（♀／♂）
　　　　うん、休みだ。　嗯，有放假！（♂）
　　　　うん、休みよ。　嗯，有放假喲。（♀）

実戦問題

A：アメリカで＿＿＿ ＿＿＿ ★ ＿＿＿？
B：ちょっと寂しいが、楽しい。

1 どう　　　　　**2** 生活　　　　　**3** は　　　　　**4** の

155

97 ～でしょう

┃意味┃ …吧

┃接続┃ 名詞
ナ形
イ形容詞普通形 ＋でしょう
動詞普通形

┃説明┃

①用於說話者無法清楚、明確地判斷的事物，而進行推測、預測時。可以搭配「きっと（一定）」、「おそらく（很可能）」、「たぶん（大概）」等副詞，表示不同程度的推測。

②用於會話中徵求對方同意，此時語調多為上揚。如果對方地位較高，要使用「～ですよね？」表示禮貌。

┃例文┃

①

◆ あしたはたぶんいい天気でしょう。

　　明天大概會是好天氣吧。

◆ 優勝はまた五木さんでしょう。

　　冠軍想必又是五木先生吧。

◆ 杉本さんはきっと来るでしょう。

　　杉本先生一定會來吧。

②

◆ 喫茶店は地下 1 階でしょう？

　　咖啡廳在地下 1 樓吧？

◆ A：これがかわいいでしょう？　這個很可愛吧？

　　B：ええ。　對啊。

 重要

「～でしょう」無法用於推測自己的事情，如果內容牽涉到自己本身時，可以使用「～かもしれません」。

◆ わたしは来月ホンコンに行くかもしれません。

　我也許下個月會去香港。

実戦問題

よく見てください。わたしの＿＿ ＿＿ ★ ＿＿？

1 目の色　　　　**2** 薄い　　　　　　**3** でしょう　　　　**4** は

98 ～でしょうか

┃意味┃ …吧？

┃接続┃ 名詞
ナ形容詞普通形
イ形容詞普通形 ＋でしょうか
動詞普通形

┃説明┃

①「～でしょうか」前方接續普通體的句子，表示推測。用於說話者對某事發生的可能性抱持著懷疑或擔心的心情。

②用於禮貌地詢問和請求時，語氣較為委婉、客氣。有時為了特別表現客氣禮貌的語氣，甚至可以直接在「ます体」的後面加上「でしょうか」。

┃例文┃

①
◆ この計画に、誰が賛成してくれるでしょうか。　這個計劃，誰會贊成呢？
◆ いつかこの作品の価値を認める人が出てくるでしょうか。

總有一天會出現認同這個作品價值的人吧？

②
◆ 今、お時間大丈夫でしょうか。　現在時間方便嗎？
◆ A：ご専門は何でしょうか。　請問你的專業是什麼？
　B：日本文学です。　是日本文學。
◆ 何かアドバイスをお願いできませんでしょうか。　能否請您給些建議？

┃実戦問題┃

A：お客様、＿＿＿ ＿＿＿ ★ ＿＿＿。
B：ええ、ビールをお願いします。

1 でしょうか　　**2** ご注文　　**3** は　　　　　　**4** よろしい

99 ～と (引用)

┃意味┃ 表示引用

┃接続┃ 文＋と

┃説明┃

助詞「と」前面表示引用的內容，後接「言います」表示引用他人說話的內容。引用方式分為直接引用與間接引用兩種。

①直接引用：將他人所說的話原封不動地引用，「と」前面的句子可能是敬體，也可能是普通體，視原說話者所使用的文體而定，而引用內容通常會用引號「　」表示。

②間接引用：將他人所說的話經由自己重新詮釋轉述，「と」前面的句子使用普通體，引用內容不需要用引號「　」表示。

┃例文┃

①

◆ 斎藤さんは「来週 出張します」と言いました。

　　齋藤先生說：「下週要出差。」

◆ 呉さんは「ありがとう」と言いました。　吳小姐說：「謝謝。」

②

◆ 斎藤さんは来週 出張すると言いました。

　　齋藤先生說他下週要出差。

◆ 先生はあした来ないと言いました。

　　老師說他明天不會來。

┃実戦問題┃

星野さんはあした＿＿＿ ★ ＿＿＿ ＿＿＿言いました。

1 ある　　　　　**2** が　　　　　**3** 約束　　　　　**4** と

● 模擬試験 ●

次の文の（　）に入れるのに最もよいものを、1・2・3・4から一つ選びなさい。

1 最近 体 の 調 子はあまり（　　）。

　1 いい　　　　　2 よい　　　　　　3 いくない　　　4 よくない

2 ゆうべ雨（　　）。

　1 じゃない　　　2 だ　　　　　　　3 じゃなかった　4 たっだ

3 あの人は若い時、とてもきれい（　　）。

　1 かった　　　　2 だった　　　　　3 だ　　　　　　4 じゃない

4 あした図書館へ（　　）。
　1 行く　　　　　2 行いた　　　　　3 行る　　　　　4 行った

5 あの人はたぶん社 長（　　）。

　1 です　　　　　2 でした　　　　　3 じゃない　　　4 でしょう

6 林さんはこの 週 末は（　　）と言いました。
　1 暇　　　　　2 暇だ　　　　　　3 暇だった　　　4 暇ではなかった

7 きのうこの 小説を（　　）。とても面白かったよ。
　1 読んた　　　2 読みた　　　　3 読んだ　　　4 読みだ

8 あの歌手はいつか有名に（　　）。
　1 ならない　　　2 なった　　　　　3 ないた　　　　4 なるでしょうか

⑨ A：あした、学校に来る？

B：ううん、（　　）よ。

1 くる　　　　　　**2** こない　　　　　　**3** きない　　　　　　**4** きた

⑩ 先輩は「よろしくね」（　　）言いました。

1 に　　　　　　**2** と　　　　　　**3** を　　　　　　**4** が

⑪ 部屋には誰も（　　）よ。

1 いない　　　　　　**2** いる　　　　　　**3** ある　　　　　　**4** ない

⑫ わたしはあまりお酒を（　　）。

1 飲む　　　　　　**2** 飲んだ　　　　　　**3** 飲まない　　　　　　**4** 飲みない

⑬ 生徒たちは将来きっと先生の気持ちが（　　）。

1 分かった　　　　　　　　　　**2** 分かるでしょう

3 分からない　　　　　　　　　　**4** 分かる

⑭ 男：この絵、有名？

女：うん、（　　）。

1 有名だ　　　　　　**2** 有名よ　　　　　　**3** 有名じゃない　　　**4** 有名だった

⑮ 陳：中国語の勉強はどう？

田中：（　　）よ。

1 楽しい　　　　　　　　　　**2** 楽しいかった

3 楽しいでしょう　　　　　　　　**4** 楽しいでしょうか

第10週

Checklist

- [ ] 100 名詞修飾①
- [ ] 101 名詞修飾②
- [ ] 102 の（準体助詞）
- [ ] 103 イ形くの〜
- [ ] 104 〜という〜
- [ ] 105 〜は〜より
- [ ] 106 〜は〜ですか、〜ですか
- [ ] 107 〜より〜のほうが〜
- [ ] 108 〜か〜か
- [ ] 109 〜も〜も
- [ ] 110 〜は〜で、〜は〜です

100 名詞修飾①

▌意味▌　…的…

▌接続▌　名詞＋の

　　　　ナ形＋な

　　　　イ形容詞普通形　　＋名詞

　　　　動詞普通形

▌説明▌

修飾名詞的句子稱為「名詞修飾」，又稱為「連体修飾」。

▌例文▌

◆ 毎週、バスケの練習をしています。

　　毎週都在練習籃球。

◆ あの親切で、きれいな人は鈴木さんです。

　　那位又親切又漂亮的人是鈴木小姐。

◆ あの背が高くて、目が大きい人は誰ですか。

　　那位身高又高、眼睛又大的人是誰呢？

◆ 温泉へ行かなかった人は誰ですか。

　　沒有去泡溫泉的人是誰？

▌実戦問題▌

この中＿＿＿ ＿＿＿ ＿★＿ ＿＿＿ものがあります。

1 あなた　　　　**2** ほしい　　　　**3** が　　　　　　**4** には

101 名詞修飾②

┃意味┃ …的…

┃接続┃

$$名詞_1 + \left\{ \begin{array}{l} が \\ の \end{array} \right\} \left\{ \begin{array}{l} +ナ形+な \\ +イ形容詞普通形 \\ +動詞普通形 \end{array} \right\} +名詞_2$$

┃説明┃

修飾名詞的句子，主語的助詞不可用「は」要用「が」或「の」。

┃例文┃

◆ わたしは友達が作った料理を食べました。

　我吃了朋友做的菜。

◆ 今朝、背が／の高い人がここへ来ました。

　今天早上，一個個子高大的人來了這裡。

◆ わたしが読んだ小説はとてもおもしろかったです。

　我看過的那本小說非常有趣。

◆ 彼の作った曲を聞きました。

　聽了他寫的曲子。

┃実戦問題┃

あの背＿＿ ＿＿ ＿＿ ★ 妹 さんですか。

1 の　　　　　　**2** 低い　　　　　　**3** 人　　　　　　**4** は

165

102 の (準体助詞)

┃意味┃ …的

┃接続┃ 名詞＋の

ナ形＋な＋の

イ形容詞普通形＋の

動詞普通形＋の

┃説明┃

助詞「の」除了用於名詞修飾名詞之外，亦可以用來直接取代已知的名詞，為名詞省略的用法。例如：「この傘は誰の傘ですか」，此句子省略助詞「の」後面已知的名詞「傘」，變成「この傘は誰のですか」。

┃例文┃

◆ その鉛筆は先生のです。　那枝鉛筆是老師的。

◆ わたしのが少ないです。　我的太少了。

◆ 丈夫できれいなのがほしいです。　想要耐用又漂亮的。

◆ 甘くないのがいいです。　不甜的比較好。

◆ これを食べたのは誰？　吃了這個的是誰？

┃実戦問題┃

旅行＿＿＿ ＿＿＿ ＿＿＿ ★＿＿誰ですか。

1 の 　　　　　2 行く 　　　　　3 に 　　　　　4 は

103 イ形くの〜

┃意味┃ …的…

┃接続┃ イ形い＋く＋の＋名詞

┃説明┃

「い形容詞」一般直接接續於修飾的名詞之前，但是「多い」、「近い」、「遠い」這三個「い形容詞」，會將語尾「い」變化為「く」，以「の」接續被修飾的名詞。

┃例文┃

◆ 多くの人が花火を見に行きました。

　許多人去看了煙火。

◆ 近くのスーパーは３時からお肉が３割引きになります。

　附近的超市３點開始肉品打７折。

◆ 遠くの山は美しいです。

　遠方的山非常美。

┃実戦問題┃

水を持ってきていませんから、____ ★ ____ ____買いに行きます。

1 近く　　　　　**2** コンビニ　　　**3** へ　　　　　**4** の

167

104 ～という～

▌意味▌ 叫做…的…；稱為…的…

▌接続▌ 名詞₁＋という＋名詞₂

▌説明▌

用於向對方說明對方所不知道的人、事物、場所時的表現方式。詢問事物名稱，可以用疑問句「これは何というものですか（這個是什麼東西？）」表現。

▌例文▌

◆ 桜という花は春に咲く。

　櫻花這種花在春天開花。

◆ さっき、木村という人から電話があった。

　剛才有一位叫做木村的人打電話來。

◆ これは『ハリーポッター』という小説です。

　這是本叫做《哈利波特》的小說。

◆ 北海道というのはどんな所ですか。

　北海道是個什麼樣的地方？

▌実戦問題▌

丸は「正しい」という意味です。バツ＿＿　＿＿　★　＿＿意味です。

1 いう　　　　　**2** と　　　　　**3** は　　　　　**4**「正しくない」

168

105 ～は～より

▌意味▌ …比…

▌接続▌ 名詞₁＋は＋名詞₂＋より

▌説明▌

表示「名詞₁」在某方面（長短、高低、多寡、大小、冷熱）和「名詞₂」有差異。在此句型表現中，「名詞₁」為話題，「名詞₂」則為比較基準。必要時，也可以加上「主語＋が」表示比較的項目。但如果比較的項目很明顯時，多半會被省略。

▌例文▌

◆ アメリカは日本より大きいです。

  美國面積比日本大。

◆ 今年の夏は去年より暑いです。

  今年的夏天比去年熱。

◆ 弟は姉より（背が）高いです。

  弟弟比姊姊高。

◆ 都会は田舎より（生活が）便利です。

  城市比鄉下生活更便利。

▌実戦問題▌

都会＿＿＿ ＿＿＿ ＿＿＿ ★ が便利です。

1 より **2** 交通 **3** は **4** 郊外

106 〜は〜ですか、〜ですか

┃意味┃ …是…還是…？

┃接続┃

$$名詞_1 + は + \begin{cases} 名詞_2 \\ ナ形 \\ イ形い \end{cases} + ですか、 \begin{cases} 名詞_3 \\ ナ形 \\ イ形い \end{cases} + ですか$$

┃説明┃

選擇疑問句中會出現兩個疑問句「〜ですか」。回答時，直接從問句中選出其中一項回答，不須使用「はい」或是「いいえ」回答。

┃例文┃

◆ 朝ご飯は何を食べますか。パンですか、ご飯ですか。

　早餐要吃什麼？麵包還是白飯呢？

◆ この日本語は正しいですか、正しくないですか。

　這句日語是正確的嗎？還是不正確的？

◆ A：おばあさんの誕生日は今日ですか、あしたですか。

　　令祖母的生日是今天，還是明天呢？

　B：今日ですよ。

　　是今天。

◆ A：あの人はお医者さんですか、看護師ですか。

　　那個人是醫生，還是護理師呢？

　B：お医者さんです。

　　是醫生。

重要

「さん」不可單獨存在，必須加在人名或職業名後方，用來表示對他人的敬稱，並不分性別，但是不可以加在自己的姓名之後。另外，人名後方加上職稱，同樣含有尊敬的意思，不需再加「さん」。

◆ 理恵さん　理恵小姐

◆ 中川先生　中川老師

実戦問題

お母さんの＿＿＿ ★ ＿＿＿ ＿＿＿、大阪ですか。

1 は　　　　**2** ですか　　　　**3** 出身地　　　　**4** 東京

107 ～より～のほうが～

┃意味┃ 比起…比較…

┃接続┃ 名詞₁＋より＋名詞₂＋のほうが～

┃説明┃

「ほう」含有「方面」、「一方」的意思，表示在兩者比較下取其中一方的意思，其中「より」在實際使用中經常被省略。此句型語序也可以調整為「名詞₁＋のほうが＋名詞₂＋より～」。

┃例文┃

◆ 猫より犬のほうが好きです。

　　相較於貓，我比較喜歡狗。

◆ Ａ：土曜日と日曜日とどちらが暇ですか。

　　　星期六和星期日哪一天有空？

　　Ｂ：土曜日より日曜日のほうが暇です。

　　　相較於星期六，星期日比較有空。

◆ 牛より馬のほうが速く走ります。

　　比起牛，馬跑得比較快。

◆ （豚肉より）牛肉のほうが好きです。

　　（比起豬肉，）我比較喜歡牛肉。

◆ 女性のほうが男性より長生きします。

　　女性比男性長壽。

重要

「名詞₁は名詞₂より〜（…比…）」是以「名詞₁」為話題「名詞₂」為基準比較；「名詞₁より名詞₂のほうが〜です（比起…更…）」則是兩者互相比較。

◆ 猫は犬よりわがままです。

　　貓比狗任性。

◆ わたしは猫より犬のほうが好きです。

　　比起貓，我比較喜歡狗。

▌実戦問題▌

赤ワインより＿＿＿　★　＿＿＿　＿＿＿好きです。

1 ほう　　　　　　**2** が　　　　　　　　**3** の　　　　　　　　**4** 白ワイン

108 ～か～か

┃意味┃ …或是…

┃接続┃ ①名詞₁＋か＋名詞₂＋か

②動詞₁＋か＋動詞₁ない形＋か

③動詞₁＋か＋動詞₂＋か

┃説明┃

表示從並列的兩項事物中選擇其中一項。

①接續名詞時，句型「名詞₁か名詞₂か」的第 2 個「か」可以省略。

②「動詞₁か動詞₁ないか」是用於表達不確定要不要做的心情。

③「動詞₁か動詞₂か」則是舉出相反或相互對應的事物。

當無法確認選擇時，句尾常會接續「わかりません」、「はっきりしません」、「知りません」等含有「不知道」、「不清楚」之意的敘述。

┃例文┃

①

◆ 海か山へ行きます。　去海邊或是山上。

②

◆ 行くか行かないか、早く決めてください。　去或不去，請儘快決定。

③

◆ 就職するか進学するかで悩んでいます。　煩惱著要就業或是繼續升學。

┃実戦問題┃

ジュース＿＿＿ ＿＿＿ ★ ＿＿＿ください。

1 を　　　　**2** 買って　　　　**3** コーヒー　　　　**4** か

109 〜も〜も

┃意味┃ …都…

┃接続┃ 名詞₁＋も＋名詞₂＋も

┃説明┃

主語不同但敘述內容相同的句子，可使用提示相同性質事物的助詞「も」合併主語。

┃例文┃

◆ この本もその本もわたしのです。

　　這本書和那本書都是我的。

◆ 海も空も青いです。

　　大海和天空都是藍色的。

◆ この子は英語も中国語も話すことができます。

　　這個孩子英文和中文都會說。

重要

並列助詞「と」也可以用於合併敘述內容相同的句子，但是兩句子主語合併為「〜と〜（と）」，是視為一個聯合的主語，後方接續助詞「は」。

◆ この本とその本（と）はわたしのです。

　　這本書和那本書是我的。

┃実戦問題┃

ここはいいところですね。空気も＿＿＿ ＿＿＿ ★＿ ＿＿＿ですから。

1 きれい　　　　**2** も　　　　**3** とても　　　　**4** 水

110 ～は～で、～は～です

┃意味┃ …是…是…

┃接続┃ 名詞₁＋は＋名詞₂＋で、名詞₃＋は＋名詞₄です

┃説明┃

兩個不同主語、敘述內容的名詞句合併時，將前句句尾「です」變化為「で」接續後句。

┃例文┃

◆ これはりんごで、それはみかんです。

這是蘋果，那是橘子。

◆ A：東京までの切符はいくらですか。

到東京的車票要多少錢？

B：大人は２５０円で、子供は１３０円です。

大人是 250 日圓，小孩是 130 日圓。

◆ この魚は 1000 円で、あの野菜は７００円です。

這條魚賣 1000 日圓，那個青菜賣 700 日圓。

 重要

「～は～は」屬於對比的用法，用於列舉不同的事物相互比較。

┃実戦問題┃

これは＿★＿ ＿＿＿ ＿＿＿ ＿＿＿、あれは英語の辞書です。

1 辞書　　　　　　**2** の　　　　　　**3** 日本語　　　　　　**4** で

模擬試験

次の文の（　　）に入れるのに最もよいものを、1・2・3・4から一つ選びなさい。

1 これは友達に（　　）雑誌です。
1 借ります　　　2 借りた　　　3 借りて　　　4 借りました

2 妹 が（　　）飲み物はタピオカミルクティーです。
1 大好き　　　2 大好きだ　　　3 大好きな　　　4 大好きの

3 わたし（　　）生まれたところは沖縄です。
1 の　　　　　2 は　　　　　3 で　　　　　4 に

4 庭は（　　）がいいです。
1 広い　　　　2 広いな　　　3 広いの　　　4 広いだ

5 京 都は「八つ橋」（　　）和菓子はとても有名です。
1 といって　　　2 という　　　3 のいう　　　4 のいって

6 いつも（　　）のパン屋でパンを買っています。
1 近い　　　　2 近く　　　　3 近いな　　　4 近くて

7 メールは手紙（　　）速いです。
1 ほど　　　　2 のほうが　　　3 より　　　　4 から

8 わたしは飛行機（　　）新幹線で東京 に行きます。
1 か　　　　　2 で　　　　　3 に　　　　　4 へ

⑨ バナナは１本５０円（　　）、りんごは１つ１２０円です。

1 で　　　　　　　**2** も　　　　　　　**3** か　　　　　　　**4** と

⑩ 土曜日（　　）日曜日（　　）暇です。

1 と／か　　　　　**2** と／も　　　　　**3** も／も　　　　　**4** が／も

⑪ 台北１０１より東京スカイツリー（　　）高いです。

1 ほど　　　　　　**2** のほど　　　　　**3** のほうが　　　　**4** ほうが

⑫ わたし（　　）一番行きたい国はカナダです。

1 へ　　　　　　　**2** は　　　　　　　**3** に　　　　　　　**4** が

⑬ あした、デパートで友達に（　　）プレゼントを買います。

1 あげて　　　　　**2** あげる　　　　　**3** あげた　　　　　**4** あげます

⑭ 車を買うか（　　）、まだわかりません。

1 買ったか　　　　**2** 買わないか　　　**3** 買ってか　　　　**4** 買わなかったか

⑮ A：これは１（　　）、７ですか。
　　B：１です。

1 です　　　　　　**2** でしたか　　　　**3** ですか　　　　　**4** だった

第 **11** 週

Checklist

□ **111** 〜とき

□ **112** 〜て〜て〜

□ **113** 〜あとで

□ **114** 〜てから

□ **115** 〜まえに

□ **116** それから

□ **117** そして

□ **118** 〜ないで〜

□ **119** イ形くて〜／ナ形で〜

□ **120** 〜ながら〜

□ **121** 〜たり〜たりする

111 ～とき

┃意味┃ …時…

┃接続┃ 名詞＋の

ナ形な

イ形い

動詞₁普通形

＋とき、動詞₂普通形

┃説明┃

表示做某件事的特定時間。名詞、ナ形容詞和イ形容詞修飾「とき」時，通常用非過去式時態，但是動詞之間必須留意前後動作順序，為動詞₁選擇不同時態。動詞₁為非過去式時，動詞₂比動詞₁先發生；動詞₁為過去式時，動詞₂較動詞₁晚發生。

┃例文┃

◆ 子供のとき、日本に住んでいました。

我小時候住在日本。

◆ 暇なとき、どんなことをしますか。

閒暇時你都做些什麼呢？

◆ チャイムが鳴るとき、教室に入った。

鐘聲要響的時候進到教室了。

◆ チャイムが鳴ったとき、教室に入った。

鐘聲響了之後才進教室。

┃実戦問題┃

父＿＿＿ ＿＿＿ ★ ＿＿＿とき、子供たちはもう寝ていました。

1 に **2** 帰った **3** が **4** うち

112 ~て~て~

┃意味┃ …然後…

┃接続┃ 動詞₁て形＋動詞₂て形

┃説明┃

句中出現兩、三個動作時，用「動詞て形」來連接各動詞，表示動作的先後順序。
敘述時須遵照動作的發生順序，後發生的動作不可排在先發生的動作之前。

┃例文┃

◆ エレベーターで上がって、階段を歩いて降ります。

　坐電梯上去，走樓梯下來。

◆ わたしは毎朝6時に起きて、歯を磨いて、顔を洗います。

　我每天早上6點起床，然後刷牙、洗臉。

◆ 顔を洗って、ご飯を食べて、仕事に行きます。　先洗臉，再吃飯，然後去上班。

 重要

「動詞て形」本身看不出時態，全句時態可由句子前面的時間詞或句尾的動詞時態來判斷。

◆ あした友達と会って、映画を見て、食事に行きます。

　明天和朋友見面，看電影，然後去吃飯。

◆ ゆうべお風呂に入って、本を読んで、11時に寝ました。

　昨晚洗澡、看書，11點睡覺。

┃実戦問題┃

一度、うちに＿＿＿　＿＿＿　★　＿＿＿、また戻ります。

1 帰って　　　　　**2** 食べて　　　　　**3** を　　　　　**4** 昼ご飯

113 ～あとで

┃意味┃ …後…

┃接続┃ 名詞＋の＋あとで

動詞た形＋あとで

┃説明┃

「あと」可寫成漢字「後」，表示做完前項動作之後做後項動作，用於強調動作的先後。置於「後で」之前的動詞一定使用「動詞た形」，全句時態則依據句尾動詞時態而定。「～後で」前方可以用「の」接續「名詞」，表示某動作時間後。

┃例文┃

◆ ご飯を食べた後で、お風呂に入ります。　吃完飯之後去洗澡。

◆ 宿題をした後で、散歩します。　寫作業之後去散步。

◆ 映画を見た後で、うちへ帰りました。　看完電影之後就回家了。

◆ 食事の後で、デザートを食べます。　餐後吃甜點。

 重要

「～あとに」的當中「に」強調前項動作結束的時間點，表示前項動作結束後立刻做後項動作。

◆ 商品はお金を払った後に送ります。　商品會在付款後送出。

◆ 雨が降った後に虹が出ます。　下雨後會出現彩虹。

┃実戦問題┃

木村さん＿＿＿ ＿＿＿ ★ ＿＿＿後で、結婚しました。

1 大学　　　　**2** は　　　　**3** 卒業した　　　　**4** を

114 〜てから

┃意味┃　…之後就…

┃接続┃　動詞₁て形＋から＋動詞₂

┃説明┃

「て」後方加上助詞「から」，可用於加強前後動作之間的緊湊性，表示前面的動作做完之後，接著就做後面的動作。不過句子中儘量避免使用過多的「てから」，如果每個動作後面都接續「てから」，聽話者或讀者會感到有壓迫感。

┃例文┃

◆ 先に宿題をしてから、遊びましょう。　　先寫功課再玩吧。

◆ 果物は洗ってから、食べてください。　　水果請清洗之後再食用。

◆ 食事してから、散歩に行きませんか。　　吃完飯後要不要去散步呢？

◆ 高校を出てから、本屋で働いています。　　高中畢業後在書店工作。

 重要

「動詞た後で」、「動詞てから」都是表示發生了某件事後，另外一件事也發生。但是「動詞た後で」強調時間的前後關係，「動詞てから」則用於表示要先做完前面的動作才會做後面的動作。

◆ ご飯を食べた後で、散歩しました。　　吃完飯後隔了一段時間才去散步。

◆ ご飯を食べてから、散歩しました。　　吃完飯後接著就去散步。

┃実戦問題┃

お菓子＿＿＿ ★ ＿＿＿ ＿＿＿、お茶を出します。

1 を　　　　　**2** 出して　　　　　**3** から　　　　　**4** 先に

115 ～まえに

┃意味┃ …之前…

┃接続┃ 動詞辞書形＋前に

┃説明┃

表示做前項動作之前先做後項動作，用於強調動作的先後。置於「前に」之前的動詞一定使用「動詞辞書形」，全句時態則依據句尾動詞時態而定。

┃例文┃

◆ ご飯を食べる前に、手を洗います。　吃飯前洗手。

◆ 出かける前に、鍵をかけてください。　出門前請鎖門。

◆ 台湾へ来る前に、中国語を勉強しました。

　　來臺灣之前就學了中文。

◆ 新しい市役所を建てる前に、市民に意見を聞きました。

　　在建新的市公所之前，詢問了市民意見。

 重要

「～前に」前方可以用「の」接續「名詞」或直接接續「数量詞」（期間），
表示在某動作、時間前。

◆ 食事の前に手を洗ってください。　用餐之前請先洗手。

◆ 1時間前に駅に着きました。　1個小時前到達車站。

┃実戦問題┃

あした____　★　____ ____ちょっと本屋に行きます。

1 行く　　　　**2** に　　　　**3** 前に　　　　**4** 郵便局

116 それから

┃意味┃ …然後…

┃接続┃ 文。それから＋文

┃説明┃

「それから」是接續詞，用來表示同一個人前後接續的動作。

┃例文┃

◆ 絵を見ながら質問を聞いてください。それから、正しい答えを選んでください。

  請邊看圖邊聽問題，接著請選出正確的答案。

◆ まず卵を入れます。それから、ご飯を入れてください。

  首先放入蛋，然後再放入白飯。

◆ わたしは朝ご飯を食べました。それから、バスで学校に行きました。

  我吃完早餐，然後搭公車去學校。

重要

同樣為接續詞的「それに」用於對單一事物列舉相同類型的評價，中文多譯為「而且」，常用於非正式的文章。

◆ この道は狭いです。それに、車が多くて危ないです。

  這條路狹窄，而且車多，很危險。

┃実戦問題┃

はじめに名前を書いてください。それから、＿＿＿ ＿＿＿ ＿＿＿ ★答えてください。

1 の **2** 質問 **3** に **4** 次

117 そして

┃意味┃ 而且

┃接続┃ 文。そして＋文。

┃説明┃

「そして」為連接兩個句子的接續詞，前後句必須皆為正面評價或是皆為負面評價。

┃例文┃

◆ 太郎君はハンサムです。そして優しいです。

　　太郎很英俊，而且又體貼。

◆ 次郎君はわがままです。そして乱暴です。

　　次郎很任性，而且又粗魯。

◆ 京都は夏、とても暑いです。そして、冬、とても寒いです。

　　京都的夏天非常炎熱，而且冬天非常冷。

◆ 母親は美人です。そして娘たちもきれいです。

　　母親是美人，而且女兒們也很美麗。

┃実戦問題┃

田中さん ___★___ ＿＿＿ ＿＿＿ ＿＿＿です。そしてきれいです。

1 部屋　　　　　　**2** 広い　　　　　　**3** は　　　　　　**4** の

186

118 〜ないで〜

┃意味┃ 沒做⋯⋯就做⋯⋯

┃接続┃ 動詞₁ない形＋で＋動詞₂

┃説明┃

動詞是可以使用「動詞ない形＋で」來修飾後方主要動詞。表示在不做什麼的狀況下進行後面的動作。

┃例文┃

◆ クーラーをつけないで寝ます。

　　不開冷氣就睡覺。

◆ 傘を持たないで出かけます。

　　沒有帶傘就出門。

◆ 休まないで走っています。

　　不休息一直跑下去。

◆ わたしはいつも朝ご飯を食べないで出かけます。

　　我總是不吃早餐就出門。

┃実戦問題┃

弟 はいつも＿★＿ ＿＿＿ ＿＿＿ ＿＿＿寝ます。

1 で　　　　　　**2** 磨かない　　　　**3** 歯　　　　　　**4** を

187

119 イ形くて～／ナ形で～

┃意味┃ …又…

┃接続┃

$$名詞＋は＋\begin{Bmatrix} ナ形で \\ イ形くて \end{Bmatrix} + \begin{Bmatrix} ナ形 \\ イ形い \end{Bmatrix} です。$$

┃説明┃

皆為正面評價或是負面評價的兩個句子要合併為一個句子時，前句的「イ形容詞」要去掉語尾「い」加上「くて」。前句的「ナ形容詞」做法則是和名詞句一樣，直接將句尾的「です」改成「で」。

┃例文┃

◆ バナナはおいしくて、安いです。　　香蕉好吃又便宜。
◆ この機械は小さくて、便利です。　　這個機器小又方便。
◆ 阿里山は静かで、きれいです。　　阿里山既安靜又美麗。
◆ このかばんは丈夫で、軽いです。　　這個包包既耐用又輕。

 重要

價值觀、評價相反的兩個句子要合併為一個句子時，必須用接續助詞「が」來連接。

◆ 新幹線は便利ですが、高いです。　　新幹線雖然方便，但是貴。

┃実戦問題┃

夫が持っている＿＿ ＿＿ ★ ＿＿です。

1 重くて　　　　**2** は　　　　**3** 荷物　　　　**4** 大きい

120 ～ながら～

┃意味┃ 一邊…一邊…

┃接続┃ 動詞₁-ます＋ながら＋動詞₂

┃説明┃

表示兩個動作同時進行。動作的主體必須為同一主詞，而且後項動作為主要的動作。

┃例文┃

◆ コーヒーを飲みながら、ラジオを聞きました。

　一邊喝咖啡一邊聽廣播。

◆ 鳥が鳴きながら空を飛んでいます。

　鳥兒一邊鳴叫一邊在天空中翱翔。

◆ 音楽を聞きながら、勉強します。

　一邊聽音樂一邊讀書。

◆ 父はお茶を飲みながら、新聞を読みます。

　父親一邊喝茶一邊看報紙。

◆ スマホを見ながら歩かないでください。

　請不要一邊看手機一邊走路。

┃実戦問題┃

兄は____ ★ ____ ____、大学に通っています。

1 ながら　　　　**2** 居酒屋　　　　**3** で　　　　**4** 働き

189

121 〜たり〜たりする

┃意味┃ 又…又…；或…或…；有時…有時…

┃接続┃ 動詞₁た形＋り、動詞₂た形＋り＋します

┃説明┃

表示列舉動作行為，意思是從許多動作中，列舉具代表性的事情加以敘述，有時只列舉一項代表，但是這個句型不適用於列舉每天固定的生活瑣事。句子的時態等變化用句尾「します」呈現。

┃例文┃

◆ 彼女はよく喫茶店で本を読んだり、音楽を聞いたりします。

　她經常在咖啡廳看書或聽音樂。

◆ 彼は立ったり、座ったりするだけです。何も仕事をしません。

　他只是時而站立時而坐下而已，什麼工作都不做。

◆ 休みの日には映画を見に行ったりします。

　休假日會去看電影什麼的。

◆ 子供のとき、川で遊んだり、山に登ったりしました。

　小時候，有時在溪邊玩，有時去爬山。

┃実戦問題┃

きのう、うちではテレビを見たり、＿＿＿　★　＿＿＿　＿＿＿。

1 練習したり　　　**2** を　　　　　　**3** ピアノ　　　　　　**4** しました

● 模擬試験 ●

次の文の（　　）に入れるのに最もよいものを、1・2・3・4から一つ選びなさい。

1 部屋に（　　）とき、ノックしてください。
 1 入る　　　　　　2 入った　　　　　3 入って　　　　　4 入らない

2 先週デパートへ（　　）、食事をして、買い物しました。
 1 行った　　　　　2 行って　　　　　3 行く　　　　　　4 行かない

3 授業が（　　）から、アルバイトに行きます。
 1 終わる　　　　　2 終わた　　　　　3 終わって　　　　4 終わり

4 結婚（　　）前に、料理を習いました。
 1 する　　　　　　2 して　　　　　　3 した　　　　　　4 しない

5 いつもご飯を（　　）後で、お茶を飲みます。
 1 食べる　　　　　2 食べて　　　　　3 食べ　　　　　　4 食べた

6 A：すみません、交番はどうやって行きますか。
　 B：まっすぐ行ってください。（　　）次の信号を右に曲がってください。
 1 そして　　　　　2 それから　　　　3 それに　　　　　4 それで

7 日本語の勉強はおもしろいです。（　　）楽しいです。
 1 それで　　　　　2 そして　　　　　3 あれから　　　　4 これから

8 道がわかりませんから、地図を（　　）、ここへ来ました。
 1 見て　　　　　　2 見る　　　　　　3 見た　　　　　　4 見ない

⑨ このマンションは（　　）、明るいです。

1 きれい　　　　　**2** きれいで　　　　**3** きれく　　　　**4** きれくて

⑩ 危ないですから、運転（　　）スマホを使わないでください。

1 して　　　　　　**2** したり　　　　　**3** しながら　　　　**4** する

⑪ きのう、小説を読んだり、友達と（　　）しました。

1 遊び　　　　　　**2** 遊ぶ　　　　　　**3** 遊んでり　　　　**4** 遊んだり

⑫ 兄は高校を卒業して、大学に（　　）、就職しました。

1 行った　　　　　**2** 行き　　　　　　**3** 行く　　　　　　**4** 行かないで

⑬ 日本人はうちに（　　）とき、「ただいま」と言います。

1 帰る　　　　　　**2** 帰った　　　　　**3** 帰って　　　　　**4** 帰り

⑭ 陳さんは頭が（　　）、かっこいいです。

1 いくて　　　　　**2** よくて　　　　　**3** よい　　　　　　**4** いい

⑮ Ａ：週末、よく何をしますか。

　　Ｂ：ジョギングしたり、山に（　　）しています。

1 登ったり　　　　**2** 登って　　　　　**3** 登り　　　　　　**4** 登る

第12週

Checklist

- [ ] 122 ～て～（方法、手段）
- [ ] 123 ～て～／～で～（原因）
- [ ] 124 ～から、～
- [ ] 125 だから
- [ ] 126 それでは
- [ ] 127 ～が、～
- [ ] 128 ～は～が、～は～
- [ ] 129 でも
- [ ] 130 ～ね
- [ ] 131 ～よ
- [ ] 132 ～よね

122 ～て～（方法、手段）

┃意味┃ 表示方法、手段

┃接続┃ 動詞₁て形＋動詞₂

┃説明┃

動詞能用「動詞て形」修飾後方主要動詞。表示前項動作是後項動作的輔助方法或手段。

┃例文┃

◆ この辞書を使って勉強します。

　　使用這本字典來讀書。

◆ 毎日歩いて学校へ行きます。

　　我每天走路上學。

◆ 肉を薄く切って入れてください。

　　請把肉切薄放進去。

◆ 銀行からお金を借りて車を買いました。

　　跟銀行借錢買了車。

┃実戦問題┃

毎日３０分から＿＿＿ ＿＿＿ ＿＿＿ ＿★＿します。

1 かけて　　　　　**2** １時間　　　　　**3** を　　　　　**4** 宿題

194

123 ~て~／~で~ (原因)

┃意味┃ 因為…所以…

┃接続┃ ①動詞て形／動詞なくて

　　　　ナ形容詞で

　　　　イ形くて

　　　　②名詞＋で

┃説明┃

①「て形」本身並沒有表示原因、理由的意思。前後連接的兩個句子必須符合以下
條件：前句表示原因，並且是已經發生的事情，後句表示由此原因而產生的結果。
後句經常會接續表示情感的動詞或形容詞，例如：「困ります」、「びっくりし
ます」、「うれしい」、「寂しい」。

②助詞「で」前方接續的名詞多為負面事物，例如：「病気」、「火事」、「交通
事故」、「台風」、「地震」等，而且後方不可接續含有意志表現的句子。

┃例文┃

①

◆ 薬を飲んで元気になりました。

　吃了藥，變得有精神了。

◆ 赤ちゃんが泣いて困ります。

　對嬰兒的哭鬧感到困擾。

◆ 先輩の説明が複雑でよくわかりません。

　學長的説明很複雜，不太了解。

◆ 返事が来なくて心配です。

　沒有回覆，讓我很擔心。

②

◆ 交通事故で足が折れました。

因為發生交通事故導致腳骨折了。

◆ 雪で電車が止まっています。

因為下雪，電車停駛了。

🎯 重要

如果前後句未符合上述說明之條件，或是後句使用意志、命令、勧誘等意志表現如：「〜たいです」、「〜てください」等，則要使用「から」表示原因、理由。

◆あした家でパーティーがありますから、今晩掃除します。

明天在家裡有派對，所以今晚要打掃。

◆ 風邪を引きましたから、あした学校を休みたいです。

因為感冒了，所以明天想跟學校請假。

┃実戦問題┃

天気 ★ ＿＿＿ ＿＿＿ ＿＿＿スポーツができません。

1 が **2** で **3** 悪くて **4** 外

124 ～から、～

┃意味┃ 因為…所以…

┃接続┃ 文＋から

┃説明┃

與接續在名詞後方的「から」表示「從…」的意思不同。此處表示原因、理由，「から」放在兩個句子中間當作接續助詞，說明前句是後句的原因、理由。前句可為敬體或常體，如果說話對象是長輩或是不熟悉的人，使用敬體較為妥當。

┃例文┃

◆ テストをしていますから、静かにしてください。

　現在正在舉行測驗，所以請保持安靜。

◆ まだ熱がありますから、この薬を飲んでください。

　因為還在發燒，所以請吃這個藥。

◆ 今週は、ちょっと忙しいですから、ミーティングは来週にしませんか。

　這週有點忙，會議可以改成下週嗎？

┃実戦問題┃

この辺にはコンビニやスーパーもあります。＿＿　★　＿＿　＿＿から、とても便利です。

1 バス停　　　　**2** 近い　　　　　**3** です　　　　　**4** も

125 だから

┃ **意味** ┃ 因此；所以

┃ **接続** ┃ だから＋文

┃ **説明** ┃

「だから」是順接的接續詞，表示根據前句的原因，順理成章做出後句的判斷、結論、決定，常用於口語或非正式文章中。「ですから」為比較有禮貌的說法。

┃ **例文** ┃

◆ 姉はスポーツが嫌いです。だから、ぜんぜん運動しません。

　姐姐討厭運動，因此完全不運動。

◆ もうすぐ入学試験です。だから、毎日勉強しています。

　馬上就要入學考了，因此每天都在讀書。

◆ 将来野球選手になりたい。だから、今一生懸命練習している。

　我將來想成為棒球選手，所以現在拼命在練習。

◆ 今晩すき焼きを食べたい。だから、今から牛肉を買いに行く。

　今晚想吃壽喜燒，所以現在去買牛肉。

┃ **実戦問題** ┃

わたしはコーヒーが好きです。＿＿＿　★　＿＿＿　＿＿＿。

1 よく　　　　　**2** だから　　　　　**3** います　　　　　**4** 飲んで

126 それでは

┃意味┃ 那麼

┃接続┃ それでは＋文

┃説明┃

說話者依據前提，以「それでは」歸結出後項結論，可省略為「では」，口語為「じゃ」或「じゃあ」。在文章中，也能利用「それでは」或「では」開始敘述主要論點。

┃例文┃

◆ それでは、また来週。
らいしゅう

　　那麼下週見。

◆ それでは、授業を始めます。
じゅぎょう　はじ

　　那麼開始上課。

◆ Ａ：何にしますか。わたしはカツ丼にします。
なに　　　　　　　　　　　　どん

　　　你要點什麼？我想吃炸豬排飯。

　　Ｂ：わたしも。じゃ、カツ丼を２つ頼みましょう。
どん　ふた　たの

　　　我也是，那就點２份炸豬排飯。

◆ Ａ：わたしは、熱い飲み物はちょっと…。
あつ　の　もの

　　　我不太想喝熱的……。

　　Ｂ：じゃ、冷たいジュースはどうですか。
つめ

　　　那麼來杯冰涼的果汁如何？

┃実戦問題┃

＿＿＿ ★ ＿＿＿ ＿＿＿休みにデパートに行きませんか。
やす　　　　　　　　　　　　　い

1 では　　　　　**2** あした　　　　　**3** の　　　　　　　**4** それ

127 ～が、～

┃意味┃ ①雖然…但是…

②（用於切入話題）

┃接続┃ 文＋が、文

┃説明┃

①表示逆接的接續助詞，當兩個價值觀、評價相反的句子要接續為一句時，必須用「が」來連接，直接加在前句的句尾，不須作變化。前後連接的句子，不只用於形容詞句，亦適用於名詞句和動詞句。

②用於切入話題，藉由「が」提起一個話題，引導後續對話。

┃例文┃

①

◆ 彼は学生ですが、雑誌のモデルもやっています。

他雖然是學生，但是也在做雜誌的模特兒。

◆ この辞書は厚いですが、軽いです。　這本字典雖然厚，卻很輕。

◆ 秋になりましたが、なかなか涼しくなりません。

雖然已經秋天了，但是天氣卻未轉涼。

②

◆ あしたのパーティーですが、わたしはビールを持っていきます。

明天的派對，我會帶啤酒過去。

◆ すみません、そちらに行きたいですが、駅からの道を教えてください。

不好意思，我想過去您那邊，請告訴我從車站過去的路。

┃実戦問題┃

＿＿ ＿＿ ★ ＿＿、大丈夫です。まだ走ることができます。

1 が 　　　　**2** います 　　　　**3** すこし 　　　　**4** 疲れて

128 〜は〜が、〜は〜

┃意味┃ …但是…

┃接続┃

$$名詞+\begin{Bmatrix} を \\ が \\ へ \\ で \\ に \end{Bmatrix}+は〜が、名詞+\begin{Bmatrix} を \\ が \\ へ \\ で \\ に \end{Bmatrix}+は〜$$

┃説明┃

「〜は〜が、〜は〜」屬於對比的用法。將前後語意相反的句子用逆接的接續助詞「が」連接起來，用於列舉相互對比的事物。原句的助詞若為へ、で、に，需保留並在後面接上は。如果助詞是を、が則直接刪除改為は。

┃例文┃

◆ 昔 の子供は外で遊びましたが、今の子供は家で遊びます。

　以前的小孩都在外面玩，但是現在的小孩都待在家裡玩。

◆ 山田さんの 住所は知りませんが、電話番号は知っています。

　我不知道山田先生的住址，但是知道他的電話號碼。

◆ イタリア語は少しわかりますが、ロシア語は全然わかりません。

　我懂一點義大利文，但是對俄羅斯文則一竅不通。

◆ A：よくプールや海へ泳ぎに行きますか。

　　你常去游泳池、海邊游泳嗎？

　B：プールへはよく行きますが、海へは行きません。

　　我常去游泳池，但不去海邊。

◆ A：マリアさんは、よく映画を見ますか。

　　瑪莉亞小姐，你常看電影嗎？

　B：アメリカではよく見ましたが、台湾ではぜんぜん見ません。

　　我在美國時常看，但是在臺灣就完全不看。

◆ A：誕生日やクリスマスによくプレゼントをもらいますか。

　　生日、聖誕節等節日時你常收到禮物嗎？

　B：誕生日にはよくもらいますが、クリスマスにはあまりもらいません。

　　生日時常常會收到，但是聖誕節時不太會收到。

重要

原本時間副詞後方可以不使用助詞，但是表現對比時要加上「は」。

◆ 午前は晴れでしたが、午後は曇りでした。

　　上午是晴天，但是下午是陰天。

実戦問題

兄は＿＿＿ ＿＿＿ ＿★＿ ＿＿＿ですが、歌は下手です。

1 上手　　　　　**2** とても　　　　　**3** スポーツ　　　　**4** は

129 でも

▌意味▌　但是；可是

▌接続▌　でも＋文

▌説明▌

用於並列兩件相反的事件或是對比的事件。常用於口語或是非正式文章中。

▌例文▌

◆ 子供の頃は体が弱かったです。でも、今は大丈夫です。

小時候身體很不好，但是現在沒問題了。

◆ 学生時代から英語を勉強しています。でも、上手になりません。

從學生時期開始讀英文，但是沒有很厲害。

◆ A：よく映画館で映画を見ますか。

你經常到電影院看電影嗎？

B：いいえ、あまり映画館では見ません。でも、よくネットでは見ます。

不，我不常去電影院看，但是，偶爾會在網路上看。

◆ A：帰りにちょっとコーヒーを飲みませんか。

回家的路上要不要去喝杯咖啡呢？

B：いいですね。でも、やっぱり帰ります。あしたは朝早く出かけます。

不錯耶，但是我還是回家好了，因為明天還要早起出門。

▌実戦問題▌

この靴、軽くていいですね。＿＿＿　★　＿＿＿　＿＿＿。もっと大きいのはありますか。

1 小さい　　　　**2** すこし　　　　**3** です　　　　**4** でも

130 ～ね

▎**意味**▎　…呢；…啊；…吧；…喔

▎**接続**▎　文＋ね

▎**説明**▎

日常對話中，經常會加終助詞來表達語氣，前方可以接續常體或敬體的句子。

終助詞「ね」有以下四種常見用法：

①說話者對聽話者陳述自己的感受、心情，尋求認同。

②對於對方的勸誘、看法意見表示贊同。

③向對方確認自己所聽、所認知的事物是否正確。

④請求、勸誘等命令句後方有時也會使用「ね」，有表現態度親近、親切的效果。

▎**例文**▎

①

◆ もうすぐ秋になりますね。

　　很快就要入秋了呢！

◆ あの犬、かわいいね。

　　那隻狗好可愛呢！

②

◆ A：一緒にご飯を食べませんか。

　　　要不要一起吃個飯呢？

　　B：いいですね。

　　　好啊。

◆ A：立派な美術館だね。

　　　很壯觀的美術館哦！

　　B：そうだね。

　　　是啊！

③
- ◆ A：図書館はまっすぐ行って右です。

  圖書館是直走後在右手邊。

- ◆ B：まっすぐ行って右ですね。

  直走後在右手邊對吧？

④
- ◆ 今夜、メールしてくださいね。

  今天晚上發電子郵件給我喔！

- ◆ 夕方までに帰るから、待ってるね。

  我會在傍晚之前回來，所以我會等你喔！

 重要

無法馬上回答對方的提問、勸誘、建議等，通常會用「そうですね」、「そう（だ）ね」表示要思考之意，這時通常會將終助詞「ね」拉長音成「ねえ」。

- ◆ A：日本の生活はどうですか。

  日本的生活如何呢？

  B：そうですね（え）。物価は高いですが、生活は便利です。

  嗯……物價很高，但是生活很便利。

│実戦問題│

A：きょう＿＿＿ ＿＿＿ ★ ＿＿＿ですね。

B：ありがとうございます。

1 は　　　　　　**2** 服　　　　　　**3** きれい　　　　　　**4** の

131 ～よ

┃意味┃ …喔；…吧

┃接続┃ 文＋よ

┃説明┃

終助詞「よ」有以下三種常見用法：

①積極主動地告訴聽話者不知道的事情、新的資訊。

②將自己的見解、主張或情緒告訴對方。

③提醒或勸告對方未注意到的事情。有時根據彼此的關係還可能會有命令甚至責難的語氣。

┃例文┃

①

◆ A：わたしのかばんを知りませんか。　你有看到我的包包嗎？

　　B：机の上にありますよ。　在書桌上喔。

②

◆ 適切な運動はあなたの足にいいですよ。　適當的運動對你的腳是好的喔。

◆ あ、お釣りはいいですよ。　啊，就不用找零了喔。

③

◆ わたしも宿題が多くてぜんぜん暇がないよ。

　我也是作業多到一點都沒有空閒時間啊！

◆ 夜遅いですから、駅まで送りますよ。

　因為已經很晚了，我送你到車站吧。

┃実戦問題┃

動物園＿＿＿　＿＿＿　＿★＿　＿＿＿ですよ。

1 遠い　　　　　　**2** ここ　　　　　　**3** は　　　　　　**4** から

132 ～よね

┃意味┃ …吧

┃接続┃ 文＋よね

┃説明┃

「よね」表現出說話者的不確定性。因此，當說話者對於自己的意見或判斷缺乏自信而想要向對方進行確認，或是尋求同意時，句尾會使用「よね」。

┃例文┃

◆ 期末試験は金曜日からですよね。

　期末考從星期五開始沒錯吧。

◆ Ａ：あなたの誕生日はあさってですよね。

　　我記得你的生日是後天沒錯吧？

　Ｂ：いいえ、違います。明日ですよ。

　　錯了，是明天。

◆ Ａ：海外旅行は楽しいですが、帰るときが寂しいですよね。

　　出國旅遊玩得很開心，但是回去的時候就很寂寞對吧。

　Ｂ：そうですよね。

　　是啊。

┃実戦問題┃

今年の＿＿＿ ★ ＿＿＿ ＿＿＿ですよね。

1 あまり　　　　**2** は　　　　　　**3** 冬　　　　　**4** 寒くない

● 模擬試験 ●

次の文の（　　）に入れるのに最もよいものを、1・2・3・4から一つ選びなさい。

① 友達が（　　）、寂しいです。

1 いて 　　　　　 2 いない 　　　　　 3 いなくて 　　　　　 4 なくて

② 辞書を（　　）難しい単語を調べます。

1 引いて 　　　　　 2 引いだ 　　　　　 3 引きて 　　　　　 4 引きた

③ 寒いです（　　）、窓を閉めてください。

1 が 　　　　　 2 けど 　　　　　 3 から 　　　　　 4 か

④ 皆さん、今日はここまでです。（　　）またあした。

1 それから 　　　　　 2 それでは 　　　　　 3 でも 　　　　　 4 だから

⑤ ラジオ（　　）よく聞きますが、ニュース（　　）あまり見ません。

1 を / は 　　　　　 2 は / を 　　　　　 3 を / を 　　　　　 4 は / は

⑥ 今の仕事は大変です（　　）、給料が高いです。

1 が 　　　　　 2 から 　　　　　 3 ので 　　　　　 4 し

⑦ このアパートは家賃がとても安いです。（　　）、ちょっと狭いです。

1 それじゃ 　　　　　 2 そして 　　　　　 3 でも 　　　　　 4 それから

⑧ わあ、すてきな歌です（　　）。わたしはこの歌手の歌が大好きです。

1 よ 　　　　　 2 ね 　　　　　 3 か 　　　　　 4 が

⑨ 会議は２時からです（　　）。３時じゃありません。

1 ね　　　　　　　2 よ　　　　　　　3 よね　　　　　　4 が

⑩ 料理教室（　　）よく作りますが、家（　　）あまり作りません。

1 は／は　　　　　2 に／に　　　　　3 で／で　　　　　4 では／では

⑪ A：レポートの締め切りは金曜日です（　　）。
　 B：いいえ、違います。木曜日ですよ。

1 が　　　　　　　2 よね　　　　　　3 よ　　　　　　　4 わ

⑫ 仕事が（　　）、とても大変です。

1 多い　　　　　　2 多いて　　　　　3 多くて　　　　　4 多くで

⑬ 平日はアルバイトします（　　）、週末はしません。

1 が　　　　　　　2 から　　　　　　3 ので　　　　　　4 か

⑭ A：すみません、ちょっと聞きたいです（　　）。
　 B：はい、何でしょうか。

1 から　　　　　　2 が　　　　　　　3 よ　　　　　　　4 ね

⑮ A：道が混んでいますね。
　 B：ええ、今日は連休です。（　　）、車が多いですよ。

1 でも　　　　　　2 それから　　　　3 そして　　　　　4 だから

解　答

第1週

✦ 実戦問題

1　**3**（4→2→1→3）

2　**2**（3→2→4→1）

3　**1**（4→3→1→2）

4　**1**（3→4→2→1）

5　**4**（2→3→4→1）

6　**1**（4→3→2→1）

7　**3**（3→2→1→4）

8　**3**（4→2→1→3）

9　**3**（4→3→2→1）

10　**4**（4→3→2→1）

11　**2**（4→2→3→1）

✦ 模擬試験

1 2	2 3	3 4
4 1	5 4	6 2
7 3	8 1	9 2
10 3	11 4	12 3
13 3	14 2	15 1

第2週

✦ 実戦問題

12　**4**（3→1→4→2）

13　**2**（4→3→2→1）

14　**1**（1→4→2→3）

15　**1**（1→4→2→3）

16　**2**（3→4→2→1）

17　**1**（3→4→1→2）

18　**2**（3→2→4→1）

19　**3**（2→1→3→4）

20　**4**（1→3→4→2）

21　**3**（3→4→2→1）

22　**2**（1→2→3→4）

✦ 模擬試験

1 3	2 2	3 4
4 3	5 1	6 1
7 3	8 2	9 2
10 1	11 2	12 4
13 3	14 2	15 1

第3週

⚑ 実戦問題

23　**1** よんひゃくきゅうじゅうな
　　　なえん
　　　2 ひゃくじゅうきゅうばん
　　　3 ひゃくいちドル　**4** ななばん

24　**4**（2→3→4→1）

25　**2**（1→4→3→2）

26　**3**（4→2→3→1）

27　**4**（3→1→2→4）

28　**1**（4→3→2→1）

29　**2**（4→1→2→3）

30　**1**（4→1→3→2）

31　**2**（1→3→2→4）

32　**2**（4→2→1→3）

33　**4**（2→3→4→1）

⚑ 模擬試験

1 3	2 2	3 1
4 2	5 4	6 4
7 4	8 2	9 1
10 2	11 2	12 1
13 2	14 1	15 4

第4週

⚑ 実戦問題

34　**4**（1→3→4→2）

35　**4**（1→2→4→3）

36　**4**（3→2→4→1）

37　**4**（1→2→4→3）

38　**1**（1→2→4→3）

39　**3**（2→4→3→1）

40　**3**（4→3→2→1）

41　**3**（1→3→2→4）

42　**1**（2→3→1→4）

43　**3**（2→1→4→3）

44　**3**（2→4→3→1）

⚑ 模擬試験

1 2	2 2	3 1
4 4	5 3	6 3
7 2	8 4	9 1
10 2	11 2	12 1
13 4	14 3	15 3

第5週

✦ 実戦問題

45　**4**（4→1→3→2）

46　**2**（4→3→2→1）

47　**1**（1→4→2→3）

48　**3**（4→2→1→3）

49　**3**（4→2→3→1）

50　**4**（1→4→3→2）

51　**4**（1→4→3→2）

52　**1**（4→2→1→3）

53　**3**（2→3→4→1）

54　**4**（4→3→2→1）

55　**1**（4→2→1→3）

✦ 模擬試験

1 4	2 2	3 3
4 4	5 2	6 2
7 1	8 3	9 3
10 2	11 3	12 4
13 1	14 3	15 2

第6週

✦ 実戦問題

56　**2**（4→3→2→1）

57　**3**（1→3→4→2）

58　**4**（1→3→4→2）

59　**2**（1→4→2→3）

60　**1**（2→1→3→4）

61　**3**（2→1→3→4）

62　**3**（4→3→1→2）

63　**1**（2→3→4→1）

64　**1**（4→2→1→3）

65　**1**（3→1→2→4）

66　**3**（2→4→3→1）

✦ 模擬試験

1 1	2 3	3 2
4 3	5 2	6 2
7 3	8 1	9 1
10 1	11 2	12 4
13 4	14 1	15 1

第7週

実戦問題

67　**1**（4→3→1→2）

68　**3**（2→3→1→4）

69　**2**（3→4→2→1）

70　**3**（1→3→2→4）

71　**1** よんで　**2** いって
　　　3 あげて　**4** おりて

72　**3**（3→2→1→4）

73　**1**（3→4→1→2）

74　**4**（2→4→3→1）

75　**4**（4→3→1→2）

76　**4**（3→4→2→1）

77　**1**（4→3→1→2）

模擬試験

|1| 2　　　|2| 4　　　|3| 1

|4| 4　　　|5| 2　　　|6| 1

|7| 2　　　|8| 3　　　|9| 3

|10| 4　　|11| 2　　|12| 3

|13| 2　　|14| 4　　|15| 3

第8週

実戦問題

78　**3**（2→3→1→4）

79　**1**（4→3→2→1）

80　**2**（2→4→1→3）

81　**2**（4→2→3→1）

82　**2**（4→3→2→1）

83　**4**（1→3→2→4）

84　**1** 言わない　**2** 来ない
　　　3 聞かない　**4** あげない

85　**3**（2→3→1→4）

86　**4**（3→1→2→4）

87　**3**（1→2→3→4）

88　**1**（2→3→4→1）

模擬試験

|1| 3　　　|2| 2　　　|3| 4

|4| 3　　　|5| 1　　　|6| 2

|7| 4　　　|8| 3　　　|9| 3

|10| 2　　|11| 4　　|12| 2

|13| 1　　|14| 3　　|15| 4

第9週

🔅 実戦問題

89 **2**（4→1→3→2）

90 **2**（1→3→4→2）

91 **1**（2→4→3→1）

92 **2**（4→3→2→1）

93 **1** もつ **2** のむ

3 くる **4** いく

94 **1** よんだ **2** いそいだ

3 あった **4** すった

95 **4**（2→4→3→1）

96 **3**（4→2→3→1）

97 **2**（1→4→2→3）

98 **4**（2→3→4→1）

99 **2**（3→2→1→4）

🔅 模擬試験

1 4	2 3	3 2
4 1	5 4	6 2
7 3	8 4	9 2
10 2	11 1	12 3
13 2	14 2	15 1

第10週

🔅 実戦問題

100 **3**（4→1→3→2）

101 **4**（1→2→3→4）

102 **4**（3→2→1→4）

103 **4**（1→4→2→3）

104 **2**（3→4→2→1）

105 **2**（3→4→1→2）

106 **1**（3→1→4→2）

107 **3**（4→3→1→2）

108 **1**（4→3→1→2）

109 **3**（4→2→3→1）

110 **3**（3→2→1→4）

🔅 模擬試験

1 2	2 3	3 1
4 3	5 2	6 2
7 3	8 1	9 1
10 3	11 3	12 4
13 2	14 2	15 3

第 11 週

◆ 実戦問題

111 **1** (3 → 4 → 1 → 2)

112 **3** (1 → 4 → 3 → 2)

113 **4** (2 → 1 → 4 → 3)

114 **4** (1 → 4 → 2 → 3)

115 **2** (4 → 2 → 1 → 3)

116 **3** (4 → 1 → 2 → 3)

117 **4** (4 → 1 → 3 → 2)

118 **3** (3 → 4 → 2 → 1)

119 **1** (3 → 2 → 1 → 4)

120 **3** (2 → 3 → 4 → 1)

121 **2** (3 → 2 → 1 → 4)

第 12 週

◆ 実戦問題

122 **3** (2 → 1 → 4 → 3)

123 **1** (1 → 3 → 4 → 2)

124 **4** (1 → 4 → 2 → 3)

125 **1** (2 → 1 → 4 → 3)

126 **1** (4 → 1 → 2 → 3)

127 **2** (3 → 4 → 2 → 1)

128 **2** (3 → 4 → 2 → 1)

129 **2** (4 → 2 → 1 → 3)

130 **1** (4 → 2 → 1 → 3)

131 **4** (3 → 2 → 4 → 1)

132 **2** (3 → 2 → 1 → 4)

◆ 模擬試験

|1| 1　　　|2| 2　　　|3| 3

|4| 1　　　|5| 4　　　|6| 2

|7| 2　　　|8| 1　　　|9| 2

|10| 3　　|11| 4　　|12| 4

|13| 2　　|14| 2　　|15| 1

◆ 模擬試験

|1| 3　　　|2| 1　　　|3| 3

|4| 2　　　|5| 4　　　|6| 1

|7| 3　　　|8| 2　　　|9| 2

|10| 4　　|11| 2　　|12| 3

|13| 1　　|14| 2　　|15| 4

附録　動詞變化

	辞書形	否定形	ます形	て形	た形
第Ⅰ類	買う	買わない	買います	買って	買った
	書く	書かない	書きます	書いて	書いた
	泳ぐ	泳がない	泳ぎます	泳いで	泳いだ
	出す	出さない	出します	出して	出した
	待つ	待たない	待ちます	待って	待った
	死ぬ	死なない	死にます	死んで	死んだ
	呼ぶ	呼ばない	呼びます	呼んで	呼んだ
	読む	読まない	読みます	読んで	読んだ
	乗る	乗らない	乗ります	乗って	乗った
	*行く	行かない	行きます	行って	行った
第Ⅱ類	食べる	食べない	食べます	食べて	食べた
	見る	見ない	見ます	見て	見た
第Ⅲ類	する	しない	します	して	した
	来る	こない	きます	きて	きた

自動詞・他動詞

自動詞	他動詞	自動詞	他動詞	自動詞	他動詞
開<ruby>く<rt>あ</rt></ruby> 開	開ける 打開	止まる 停止	止める 停	起きる 起床；發生	起こす 叫醒；引起
閉まる 關	閉める 關閉	止む 停了	止める 停止；取消	倒れる 倒下	倒す 放倒
掛かる 掛著	掛ける 懸掛	続く 持續	続ける 繼續	落ちる 掉落	落とす 弄掉
決まる 決定	決める 決定	付く 附有	付ける 加上；戴	壊れる 損毀	壊す 弄壞
集まる 聚集	集める 收集；集中	届く 送達	届ける 遞送	直る 修理好	直す 修理
変わる 變	変える 改變	建つ 建	建てる 建	治る 痊癒	治す 治療
見つかる 找到	見つける 尋找	並ぶ 排列	並べる 排列	消える 消失；熄滅	消す 熄滅；關
上がる 上升	上げる 提高	入る 進入	入れる 放入	なくなる 不見；用完	なくす 遺失
下がる 下降	下げる 降低	出る 離開；出發	出す 拿出；扔	残る 殘留	残す 剩
始まる 開始	始める 開始	減る 減少	減らす 減少	通る 通過	通す 穿過
終わる 結束	終える 結束	増える 增加	増やす 增加	流れる 流動	流す 流

自他同形：開く・閉じる・する・やる・言う・吹く・急ぐ・喜ぶ

索引

あ

～あとで・・・・・・・・・・・・・・・・・・・・・・ 182

い

イ形い／ナ形な・・・・・・・・・・・・・・・・・ 4
イ形く／ナ形に・・・・・・・・・・・・・・・・・ 90
イ形くて～／ナ形で～・・・・・・・・・・ 188
イ形くの～・・・・・・・・・・・・・・・・・・・・ 167
イ形容詞過去形・・・・・・・・・・・・・・・・ 110
イ形容詞常体・・・・・・・・・・・・・・・・・・ 149
いつも／よく／ときどき／
あまり／ぜんぜん・・・・・・・・・・・・・・ 80

か

～（か）？・・・・・・・・・・・・・・・・・・・・・ 154
が・・・・・・・・・・・・・・・・・・・・・・・・・・・ 30
～が、～・・・・・・・・・・・・・・・・・・・・・ 200
～があります／います・・・・・・・・・・ 95
～がいい・・・・・・・・・・・・・・・・・・・・・ 104
～か～か・・・・・・・・・・・・・・・・・・・・・ 174
家族の呼び方・・・・・・・・・・・・・・・・・ 14
～が～てあります・・・・・・・・・・・・・ 119
～が～ています・・・・・・・・・・・・・・・ 120
～ができます・・・・・・・・・・・・・・・・・ 101
～がほしい／ほしくないです・・・・・・ 102
から・・・・・・・・・・・・・・・・・・・・・・・・ 27
～から、～・・・・・・・・・・・・・・・・・・・ 197
～から～まで・・・・・・・・・・・・・・・・・ 28
～がわかります・・・・・・・・・・・・・・・ 100

き

疑問詞・・・・・・・・・・・・・・・・・・・・・・ 50
疑問詞か・・・・・・・・・・・・・・・・・・・・ 54
疑問詞が・・・・・・・・・・・・・・・・・・・・ 53
疑問詞か～か・・・・・・・・・・・・・・・・・ 55
疑問詞も・・・・・・・・・・・・・・・・・・・・ 56

く

くらい／ぐらい・・・・・・・・・・・・・・・・ 70

け

敬体／常体・・・・・・・・・・・・・・・・・・・ 144

こ

ここ／そこ／あそこ／どこ・・・・・・・・・・ 10
こちら／そちら／あちら／どちら・・・・ 12
この／その／あの／どの・・・・・・・・・ 13
これ／それ／あれ／どれ・・・・・・・・・・ 8
ごろ・・・・・・・・・・・・・・・・・・・・・・・・ 71

し

しか～ない・・・・・・・・・・・・・・・・・・・ 69
自動詞／他動詞・・・・・・・・・・・・・・・・ 118
～時～分・・・・・・・・・・・・・・・・・・・・ 44
～します・・・・・・・・・・・・・・・・・・・・ 122

索 引

す

数字（番号／貨幣）‥‥‥‥‥‥‥ 38
数量詞‥‥‥‥‥‥‥‥‥‥‥‥‥ 46
数量詞の〜／〜数量詞‥‥‥‥‥‥ 49
すぐ（に）‥‥‥‥‥‥‥‥‥‥‥ 88

せ

ぜんぶ／たくさん／すこし／
ちょっと‥‥‥‥‥‥‥‥‥‥‥‥ 78

そ

そして‥‥‥‥‥‥‥‥‥‥‥‥‥ 186
それから‥‥‥‥‥‥‥‥‥‥‥‥ 185
それでは‥‥‥‥‥‥‥‥‥‥‥‥ 199

た

〜たい／たくないです‥‥‥‥‥‥ 103
だから‥‥‥‥‥‥‥‥‥‥‥‥‥ 198
だけ‥‥‥‥‥‥‥‥‥‥‥‥‥‥ 68
〜たり〜たりする‥‥‥‥‥‥‥‥ 190
だんだん‥‥‥‥‥‥‥‥‥‥‥‥ 87

て

〜て〜（方法、手段）‥‥‥‥‥‥ 194
〜て〜／〜で（原因）‥‥‥‥‥‥ 195
で‥‥‥‥‥‥‥‥‥‥‥‥‥‥‥ 25
〜ていきます／〜てきます‥‥‥‥ 130
〜ています‥‥‥‥‥‥‥‥‥‥‥ 117
〜てから‥‥‥‥‥‥‥‥‥‥‥‥ 183
〜てください／〜ないでください‥ 135

て

〜でした／
〜ではありませんでした‥‥‥‥‥ 108
〜でしょう‥‥‥‥‥‥‥‥‥‥‥ 156
〜でしょうか‥‥‥‥‥‥‥‥‥‥ 158
〜て〜て〜‥‥‥‥‥‥‥‥‥‥‥ 181
でも‥‥‥‥‥‥‥‥‥‥‥‥‥‥ 203

と

と‥‥‥‥‥‥‥‥‥‥‥‥‥‥‥ 65
〜と(引用)‥‥‥‥‥‥‥‥‥‥‥ 159
〜という〜‥‥‥‥‥‥‥‥‥‥‥ 168
どう／いかが‥‥‥‥‥‥‥‥‥‥ 62
動詞過去形‥‥‥‥‥‥‥‥‥‥‥ 112
動詞辞書形‥‥‥‥‥‥‥‥‥‥‥ 150
動詞常体‥‥‥‥‥‥‥‥‥‥‥‥ 153
動詞た形‥‥‥‥‥‥‥‥‥‥‥‥ 151
どうして‥‥‥‥‥‥‥‥‥‥‥‥ 60
動詞て形‥‥‥‥‥‥‥‥‥‥‥‥ 114
動詞ない形‥‥‥‥‥‥‥‥‥‥‥ 133
どうやって‥‥‥‥‥‥‥‥‥‥‥ 61
〜とき‥‥‥‥‥‥‥‥‥‥‥‥‥ 180
とても／すこし／ちょっと／
あまり／ぜんぜん‥‥‥‥‥‥‥‥ 76

な

〜ないで〜‥‥‥‥‥‥‥‥‥‥‥ 187
〜ながら〜‥‥‥‥‥‥‥‥‥‥‥ 189
ナ形容詞過去形‥‥‥‥‥‥‥‥‥ 109
ナ形容詞常体‥‥‥‥‥‥‥‥‥‥ 147
〜なります‥‥‥‥‥‥‥‥‥‥‥ 121

に

に・・・・・・・・・・・・・・・・・・・・・・・・・・ 21
に（基準）・・・・・・・・・・・・・・・・・・ 24
〜に／から〜をもらいます・・・・・・・ 127
〜に〜があります／います・・・・・・・ 96
〜に〜をあげます・・・・・・・・・・・・・ 126
〜に〜をくれます・・・・・・・・・・・・・ 129

ね

〜ね・・・・・・・・・・・・・・・・・・・・・・・ 204
〜年／〜月／〜日・・・・・・・・・・・・・ 40

の

の・・・・・・・・・・・・・・・・・・・・・・・・・・ 63
の（準体助詞）・・・・・・・・・・・・・・・ 166

は

〜は・・・・・・・・・・・・・・・・・・・・・・・・ 32
〜はイ形いです／
イ形くないです・・・・・・・・・・・・・・・ 5
〜はナ形です／
ナ形ではありません・・・・・・・・・・・・ 6
〜は〜が、〜は〜・・・・・・・・・・・・ 201
〜は〜が〜・・・・・・・・・・・・・・・・・・ 94
〜は〜が上手／下手／
得意／苦手です・・・・・・・・・・・・・・ 99
〜は〜が好き／嫌いです・・・・・・・ 98
〜は〜で、〜は〜です・・・・・・・・ 176
〜は〜です／ではありません・・・・・・ 2
〜は〜ですか・・・・・・・・・・・・・・・・・ 3
〜は〜ですか、〜ですか・・・・・・・ 170

〜は〜にあります／います・・・・・・・ 97
〜は〜ません・・・・・・・・・・・・・・・・ 34
〜は〜より・・・・・・・・・・・・・・・・・ 169
〜は動詞ます／動詞ません・・・・・・・・・ 7

へ

へ・・・・・・・・・・・・・・・・・・・・・・・・・・ 20

ま

〜まえに・・・・・・・・・・・・・・・・・・・ 184
〜ましょう・・・・・・・・・・・・・・・・・ 137
〜ましょうか・・・・・・・・・・・・・・・ 138
〜ませんか・・・・・・・・・・・・・・・・・ 139
また・・・・・・・・・・・・・・・・・・・・・・・ 83
まだ・・・・・・・・・・・・・・・・・・・・・・・ 84

め

名詞修飾①・・・・・・・・・・・・・・・・・ 164
名詞修飾②・・・・・・・・・・・・・・・・・ 165
名詞常体・・・・・・・・・・・・・・・・・・・ 145

も

も・・・・・・・・・・・・・・・・・・・・・・・・・・ 67
もう・・・・・・・・・・・・・・・・・・・・・・・ 85
もっと・・・・・・・・・・・・・・・・・・・・・ 89
〜も〜も・・・・・・・・・・・・・・・・・・・ 175

や

〜や〜など・・・・・・・・・・・・・・・・・・ 66

よ

～よ‥‥‥‥‥‥‥‥‥‥‥‥‥‥ 206

～曜日‥‥‥‥‥‥‥‥‥‥‥‥ 43

よく‥‥‥‥‥‥‥‥‥‥‥‥‥‥ 82

～よね‥‥‥‥‥‥‥‥‥‥‥‥ 207

より‥‥‥‥‥‥‥‥‥‥‥‥‥‥ 29

～より～のほうが～‥‥‥‥‥ 172

を

を‥‥‥‥‥‥‥‥‥‥‥‥‥‥‥ 18

～をお願いします‥‥‥‥‥‥ 132

～をください‥‥‥‥‥‥‥‥ 131

參考書籍

日文書籍

+ 庵功雄・高梨信乃・中西久実子・山田敏宏『初級を教える人のための日本語文法ハンドブック』スリーエーネットワーク

+ 加藤泰彦・福地務『テンス・アスペクト・ムード』荒竹出版

+ グループ・ジャマシイ『教師と学習者のための日本語文型辞典』くろしお出版

+ 国際交流基金『教師用日本語教育ハンドブック3 文法Ⅰ 助詞の諸問題』凡人社

+ 国際交流基金『教師用日本語教育ハンドブック4 文法Ⅱ 助動詞を中心にして』凡人社

+ 酒入郁子・桜木紀子・佐藤由紀子・中村貴美子『外国人が日本語教師によくする100の質問』バベルプレス

+ 新屋映子・姫野供子・守屋三千代『日本語教科書の落とし穴』アルク

+ 砂川有里子『日本語文法セルフマスターシリーズ2 する・した・している』くろしお出版

+ 田中稔子『田中稔子の日本語の文法—教師の疑問に答えます』日本近代文芸社

+ 寺村秀夫・鈴木泰・野田尚史・矢澤真人『ケーススタディ日本文法』おうふう

+ 富田隆行『文法の基礎知識とその教え方』凡人社

+ 友松悦子『どんなときどう使う日本語表現文型200』アルク

+ 日本国際教育支援協会・国際交流基金『日本語能力試験 出題基準』凡人社

+ 野田尚史『日本語文法セルフマスターシリーズ1 「は」と「が」』くろしお出版

+ 平林周祐・浜由美子『敬語』荒竹出版

+ 益岡隆志・田窪行則『日本語文法セルフマスターシリーズ3 格助詞』くろしお出版

+ 文化庁『外国人のための基本用語用例辞典（第二版）』鴻儒堂

+ 森田良行『日本語の類義表現』創拓社

+ 森田良行『基礎日本語辞典』角川書店

中文書籍

+ 林錦川《日語語法之分析①動詞》文笙書局

+ 林錦川《日語語法之分析⑤助詞》文笙書局

+ 楊家源《日語照歩走》宇田出版社

+ 蔡茂豐《現代日語文的口語文法》大新書局

+ 謝逸朗《明解日本口語語法－助詞篇》文笙書局

新日檢制霸！單字速記王

王秋陽、詹兆雯　編著
眞仁田　榮治　審訂

三民日語編輯小組　彙編　　眞仁田　榮治　審訂

全面制霸新日檢！
赴日打工度假、交換留學、求職加薪不再是夢想！

★ 獨家收錄「出題重點」單元　　★ 精選必考單字
★ 設計 JLPT 實戰例句　　★ 提供 MP3 朗讀音檔下載

本系列書集結新制日檢常考字彙，彙整文法、詞意辨析等出題重點，並搭配能加深記憶的主題式圖像，讓考生輕鬆掌握測驗科目中的「言語知識（文字‧語彙‧文法）」。

独学 日本語 系列

口訣式日語動詞

李宜蓉　編著

～解開日語初學者對日語動詞變化學習的疑惑～

日語動詞變化初學者常見的問題──

動詞變化總是搞不清楚怎麼辦？

五段、一段、力變、サ變動詞是什麼？

與第Ⅰ類、第Ⅱ類、第Ⅲ類動詞有何不同？

是否有更簡單明瞭、有效的學習方式？

有的！答案都在《口訣式日語動詞》裡！

國家圖書館出版品預行編目資料

新日檢制霸！N5文法特訓班／溫雅珺,楊惠菁,蘇阿亮
編著.－－初版一刷.－－臺北市：三民，2023
　　面；　　公分.－－（JLPT滿分進擊）

　ISBN 978-957-14-7567-7　（平裝）
　1. 日語 2. 語法 3. 能力測驗

803.189　　　　　　　　　　　　　111017654

JLPT 滿分進擊

新日檢制霸！N5 文法特訓班

編 著 者	溫雅珺　楊惠菁　蘇阿亮
責任編輯	游郁苹
美術編輯	蔡季吟

發 行 人	劉振強
出 版 者	三民書局股份有限公司
地　　址	臺北市復興北路 386 號 (復北門市) 臺北市重慶南路一段 61 號 (重南門市)
電　　話	(02)25006600
網　　址	三民網路書店 https://www.sanmin.com.tw

出版日期	初版一刷 2023 年 1 月
書籍編號	S860330
Ｉ Ｓ Ｂ Ｎ	978-957-14-7567-7